Das Pferd ist ein Hund

Das Pferd ist ein Hund

Tamara Bach

Carlsen

Für Pony
und die D16
und Gwens Ohren

1

Also das war so ungefähr.

Luze ist irgendwann komisch geworden. Also komischer als vorher. Kleine Kinder sind ja eh komisch und Luze erst recht. Aber dann noch mehr.

Erst sind unsere Nachbarn von gegenüber, die Jakobs, weg gezogen, und das war nicht gut. Mir war das wumpe, ich hab mit denen nichts zu tun gehabt, aber mit Silas, deren Sohn, war Luze dick befreundet. Die sind also weggezogen, weil die sich ihre Wohnung nicht mehr leisten konnten. Und Luze war traurig. Klar.

Mama und Gregor haben gedacht, dass Luze in der Schule schon jemanden findet, einen neuen Freund oder eine Freundin. Mama nennt das Anschluss finden.

Hat Luze aber wohl nicht. Und ist ja auch nicht so, dass Silas irgendein Freund war. Die waren wie eingeschweißt im Zweierpack, hat Mama immer gesagt. Ich glaub nicht, dass man das so leicht und so schnell wiederfindet. Aber Mama anscheinend.

Ich bin dann auch mal mit Luze auf den Kinderbauernhof, aber halt nur zweimal oder so, vielleicht war das zu wenig.

In der Schule hat sie keinen Anschluss gefunden, und daheim ist sie irgendwann auch gar nicht mehr aus unserem Zimmer rausgekommen. Egal womit Mama und Gregor sie aufheitern wollten. Oder ablenken. Kuchen backen wollte sie nicht, spazieren gehen nicht.

Und dann, und das ist uns erst später aufgefallen, war das wohl auch wegen Rosa aus dem vierten Stock. Die hätte nämlich einen Hund bekommen sollen. Das hat ewig gedauert, bis der kam. Wochenlang hat das gedauert. Und Luze hat sich so auf den Hund gefreut! Einen Monat lang hat sie nur noch Hundebilder gemalt und sich Bücher über Hunde aus der Bücherei ausgeliehen, und jedes Mal, wenn sie Rosa begegnet ist, hat sie ihr Löcher in den Bauch gefragt. Und dann kam der Hund, aber dann musste Rosa den schon nach einer Woche wieder zurückgeben. Luze hat den nicht mal zu Gesicht bekommen, weil Rosa meinte, dass der Hund nicht mit Kindern kann. Und dass sie uns dann doch lieber mag als den Hund. Deswegen durfte der auch nicht hierbleiben.

Also war der Hund weg und wie gesagt, Luze ist danach noch trauriger geworden, aber das ist uns erst später aufgefallen.

Irgendwann hat Luze nicht mal mehr mit Gregor Polnisch gesprochen.

Irgendwann hat sie fast gar nichts mehr gesagt, nur noch Ja oder Nein. Nur noch die allerallerklitzekleinsten Worte.

Da bin sogar ich traurig geworden. Und Mama und Gregor eh. Und Mama hat gesagt »Was machen wir denn nur mit Luze?«, denn kuscheln hat nicht geholfen, neue Buntstifte haben nicht geholfen, und in der Schule haben die auch keine Ahnung gehabt und nur gesagt, dass so was auch einfach wieder vorbeigehen kann. Dass sie trauert oder so, dabei ist gar niemand gestorben. Aber Luze sei so sensibel.

»Was heißt das denn?«, hab ich Mama gefragt, und die meinte irgendwas mit dünner Haut und Gefühlen, die mehr sind und größer als bei anderen. Oder so.

Luze hat auf ihrem Bett gesessen und nicht mehr über meine Musik gemeckert und nicht mehr mit meinen Spielsachen gespielt, für die sie eh zu klein ist, aber das hätte sie jetzt echt gedurft. Und sie hat auch nicht mehr andauernd geredet und gesungen, wie sonst. Irgendwie ist sie kleiner geworden und grauer. Ich dachte, irgendwann verschwindet sie einfach.

Aber dann … Wo fang ich denn jetzt am besten an?

Also: Erst mal kam Mama auf die Idee, dass Struktur hilft. Und für sie hieß das, dass Luze Aufgaben bekommt. Im Haushalt helfen. Den Nachbarn Sachen bringen. Also, als zum Beispiel Tatiana aus dem dritten Stock sonntags mal backen wollte, aber keine Eier daheim hatte, hat Mama ein Körbchen mit Eiern befüllt und Luze musste das zu Tatiana hochbringen. Und dann hat Tatiana noch ein bisschen mit Luze gequatscht, aber nicht lange, weil Luze eben nicht mehr geredet hat.

Wäre das zwei Monate vorher passiert, dann hätte man Luze gar nicht mehr aus Tatianas Küche rausbekommen.

Also immer, wenn jemand im Hausfunk (so nennen die ihre Chatgruppe) nach was gefragt hat, dann hat Luze das bringen müssen. Wir wohnen in so einem Haus mit vielen Wohnungen, muss ich vielleicht mal erklären. Vier Stockwerke und Erdgeschoss und Dachgeschoss und dann noch ein Seitenflügel und noch ein Hinterhaus. Und auf jedem Stockwerk gibt es mindestens zwei Wohnungen, manchmal auch drei.

Und bei uns im Vorderhaus kennen sich die meisten. Also mehr als in anderen Häusern, hab ich irgendwann gemerkt. Woanders nicken sich Nachbarn allerhöchstens zu, wenn die sich begegnen.

Also Struktur hat Mama gesagt und damit eben gemeint, dass Luze Aufgaben kriegt. Die hat das einfach so gemacht, nicht gemault, nicht gemotzt, so traurig war sie, dass sie nicht mal mehr das konnte. Als ob ihr alles egal wäre.

Und plötzlich hat jeden Tag jemand im Haus was gebraucht: einen Kreuzschlitzschraubenzieher oder Wollwaschmittel oder Backpulver oder Briefumschläge oder eine Gießkanne oder einen Pümpel fürs Klo. Irgendwann hab sogar ich kapiert, dass die sich alle abgesprochen haben.

Und dann hab ich angefangen Luze zu fragen, ob sie mir hilft.

Beim Ausmalen, oder ob sie den alten Puppen von Mama die Haare kämmen kann und sie alle schön anzieht. Sie hat alles gemacht, aber so … lustlos. Wie ein kleiner Roboter, so automatisch.

Das ist nicht besser geworden.

Bis Hotte sie zum Briefkasten um die Ecke geschickt hat, um einen Brief einzuschmeißen.

Dafür hat sie ein bisschen zu lange gebraucht. Aber als Luze dann zurückgekommen ist, hat sie zum ersten Mal seit Wochen gelächelt. Und uns wieder richtig angeschaut, ins Gesicht, in die Augen.

Und dann hat sie uns erzählt, dass sie unterwegs Flori begegnet ist und mit ihm getauscht hätte. Und SO ein tolles Geschäft, fünf Päckchen Brause (die hatte sie von Hotte fürs Briefwegbringen bekommen) gegen: einen Hund!

Mama hat gleich panisch geguckt, die kann Hunde nämlich nicht ausstehen. Und Gregor hat sich wild umgeschaut, wo denn dieser Hund ist, und ich eh.

»Ist der noch vor der Tür?«, hab ich gefragt, aber Luze hat gesagt: »Quatsch, der ist doch schon hier, bei uns in der Küche!«

Aber da war kein Hund in der Küche.

»Der ist unsichtbar«, hat Luze ganz leise gesagt, als wäre das ein Geheimnis. »Nur ich kann den sehen!«

Mama hat Gregor angeschaut und die haben so ein Augengespräch gehabt, als ob sie Gedanken übertragen könnten.

Und ich hab nur gedacht, arme Luze, jetzt hat sie Brause für Luft eingetauscht, und wenn ich Flori das nächste Mal begegne, knöpf ich mir den vor. Dabei hau ich eigentlich niemanden. Aber Flori kann sich echt in Acht nehmen vor mir.

Mama hat wohl was Ähnliches gedacht, aber netter. Wahrscheinlich wollte sie eher mit Floris Eltern reden. Aber da in der Küche wollte sie zuerst Luze zu sich auf den Schoß ziehen und umarmen. Die hat das aber nicht mit sich machen lassen. »Nee, Mama, ich hab zu tun«, hat sie gesagt und ist dann aus der Küche marschiert in unser Zimmer. Und wir hinterher.

Luze und ich teilen uns nämlich ein Zimmer. Ich hab meine

Sachen auf der linken Seite, wenn man reinkommt, und Luze ihre rechts. Luze hat also Tücher und Kissen und Puppendecken und ihre alte Schmusedecke und einen Schal genommen und daraus ein Nest … gewickelt. So sah das jedenfalls aus. Als hätte sie das schon total oft gemacht. Und dabei hat sie ganz normal wie immer geredet und gesungen.

Mit uns, dachte ich erst. Aber sie hat immer »du« gesagt, und irgendwann hab ich gedacht, ach je, die meint den Hund. Den Hund aus Luft. Den Hund, den es gar nicht gibt.

»Schau, da schläfst du, wenn du müde bist, aber nicht jetzt, jetzt ist ja Tag. Aber nachher, wenn ich auch schlafe, dann schläfst du hier, das ist dein Nest.« Und dann hat sie die Luft gestreichelt und gelächelt.

Mama ist mit Gregor raus und ich hinterher. Luze ist weiter in unserem Zimmer geblieben.

Mama stand da im Flur und hat zu Gregor gesagt: »Und jetzt?«

Gregor hat sich den Kopf gekratzt, »Hui« gesagt und dann ist er in die Küche und hat erst mal Wasser aufgesetzt. Einfach einen Topf mit Wasser vollgemacht, auf den Herd gestellt und den Herd angemacht.

»Gregor!«, hat Mama gesagt. Aber der hat dem Wasser dabei zugeschaut, wie es wärmer geworden ist, und ich hab mich gefragt, ob er jetzt Nudeln kocht, dabei war es so mitten am Nachmittag, drei Uhr oder so. Keine Nudelzeit.

Mama hat dann ihren Laptop geholt und angefangen zu googeln, was man mit unsichtbaren Hunden macht, mit eingebildeten Freunden. »Ist Luze nicht zu alt dafür?«, hat sie gefragt, vielleicht mich, vielleicht Gregor, vielleicht aber auch das Internet, und das hat wohl gesagt: Nee, ist sie nicht. Luze war zwar schon in der ersten Klasse, aber eingebildete Freunde kann man wohl sehr lange haben.

Und dann hat Mama viel gelesen und das Wasser auf dem Herd hat irgendwann gekocht und Luze hatte einen Hund aus Luft.

»Dann ist das jetzt so«, hat Mama gesagt und den Laptop wieder zugeklappt. Gregor hat sich umgedreht und Mama hat gesagt, dass das nichts Schlimmes ist, dass das sogar gut für die Entwicklung ist, und wir sollen einfach mitspielen.

»Echt?«, hab ich gefragt.

Mama hat erst Gregor angeschaut, dann mich und dann bestimmt gesagt: »Ja.«

Dann ist sie aufgestanden, um den Laptop wieder wegzubringen, und ist kurz stehen geblieben und hat noch gesagt: »Wenigstens lächelt sie wieder. Ja.«

Und Gregor hat das Wasser angeschaut, das hat vor sich hin gekocht und geblubbert, dann hat er zwei Topflappen genommen, das Wasser in die Spüle geschüttet und den Herd wieder ausgestellt.

Ich bin dann ins Kinderzimmer.

Da hat Luze neben dem Hundenest gesessen, gesummt und ein Bild gemalt, einen Regenbogen, eine Sonne, und darunter stand was Krakeliges und ich habe gefragt, was das heißt.

»Das Perd.«

»Das Pferd?«, hab ich gefragt.

»Mmmh«, hat Luze genickt.

»Wieso das Pferd?«

»Der Hund heißt das Pferd.«

Und ich wollte schon sagen »Du spinnst ja komplett«, aber Mama hat gesagt, dass wir mitspielen sollen. Also hab ich nur »Okay« gesagt, und dann war das auch okay. Und weil nichts weiter passiert ist, hab ich mich dann an meine Hausaufgaben gemacht und Luze hat gemalt und gesummt und in unserem Zimmer lag ein unsichtbarer Hund in einem Nest.

2

Ich muss noch ein paar mehr Sachen erklären. Das mit Lisa. Und Vincent. Und überhaupt, vielleicht muss ich erst mal sagen, dass es Winter war.

Also DER Winter. Wo es so kalt war!

Kalt war es schon vor Weihnachten, und nach Weihnachten und Silvester ist es dann noch kälter geworden. Und dann noch kälter. Und bei manchen Häusern sind schon die Wasserleitungen eingefroren. Und der Fluss war nur noch eine Eisdecke.

Und an einem Freitag war es plötzlich so kalt, dass sie uns früher von der Schule nach Hause geschickt haben, weil die Heizung das nicht mehr mitgemacht hat oder so. Es gibt nämlich auch kältefrei. Wusste ich vorher auch nicht.

An dem Tag hab ich mich vorher außerdem mit Lisa gestritten. Das hatte gar nichts mit der Kälte zu tun, sondern ... nee, erzähl ich später. So schlimm haben wir uns noch nie gestritten. Und wir kennen uns seit der Kita. Wenn man sich so schlimm streitet, dass man irgendwann anfängt zu zittern vor lauter Streit, dass man rot wird und laut und die Fäuste ballt und stampft und sich danach nicht wieder verträgt, sondern immer noch Streit hat, nur dass dann beide stumm sind und still, das ist die schlimme Art zu streiten, mit Zähneknirschen und einander nicht mehr angucken und gleichzeitig so sauer und so traurig sein, dass es nicht auszuhalten ist. Und mit man meine ich mich. Klar.

Da war es eigentlich ein Glück, dass es plötzlich hieß, dass alle nach Hause sollten. Weil sich in der Aufregung keiner mehr drum gekümmert hat, was ich vorher zu Lisa gesagt habe und Lisa zu mir. Oder was wir gebrüllt haben.

Und in dem ganzen Durcheinander bin ich dann ganz schnell aus der Schule.

So schnell, dass ich vergessen habe, auf Vincent zu warten.

Und jetzt muss ich vielleicht auch von Vincent erzählen. Gleich. Ja, gleich.

Auf dem Nachhauseweg bin ich noch bei Luzes Schule vorbeigegangen, weil Mama mir eine Nachricht geschickt hat, dass Luze auch Schluss hat und sie nicht rechtzeitig von der Arbeit und ob ich nicht ... Also: Mama hat eine Sprachnachricht aufgesprochen, das dauert immer sehr lange. Ich hab ihr nur »Okay« geantwortet und dann Luze in der Grundschule abgeholt. Die hat schon auf mich gewartet und saß im Gang auf einer Bank in voller Montur, Mütze, Handschuhe, Schal, Winterstiefel, Ranzen, alles.

Da war das Pferd, der Hund gerade zwei Tage bei uns.

Laut Luze.

Und sehen konnte das Pferd immer noch keiner außer ihr.

Draußen hab ich Luze dann gefragt, wie sie den Hund denn sieht, wenn der doch unsichtbar ist.

»Weil, der ist für mich nicht unsichtbar, nur für euch.«

»Stimmt ja«, hab ich gesagt und dann versucht Luze dazu zu bringen, dass sie ein bisschen schneller läuft. Weil es so kalt war, dass es schon wehgetan hat.

»Wie sieht der denn aus?«, hab ich gefragt.

Und da hat sie geguckt und gesagt: »Wie ein Hund!«

»Und wie groß? Oder ist der klein? Ist das ein Junge oder ein Mädchen? Lange Haare? Kurze? Und welche Farbe?«

Da hat Luze geseufzt und mit den Augen gerollt und dann gesagt: »Mann, das ist doch ganz einfach!«

Und dann hat sie noch mal geschnauft, so laut, dass man das sogar durch den Schal gehört hat, den sie vor dem Mund hatte, und gesagt, dass das Pferd ganz weich ist. Und dann hat sie gesummt und dann gesagt oder gesungen, dass das Pferd manchmal ganz groß ist, größer noch als ein Pferd.

»So groß bis zur Decke«, hat sie gesagt. Und gesummt, dass ich gedacht hab, das denkt sie sich aus, die komponiert jetzt ein Lied auf das Pferd, auf den Hund. »Und manchmal ist sie ganz klein, so klein, dass sie neben mir auf dem Kopfkissen liegt.«

»Aha, sie! Also ein Mädchen!«, hab ich gesagt.

Luze hat mich angeschaut und mit dem Kopf geschüttelt und so getan, als würde ich gar nichts kapieren, und nur weiter gesungen, welche Farben das Hundepferd, der Pferdehund alle hat. Ganz schwarz und ganz weiß und rote Flecken und goldene Haare.

Und dann hab ich gedacht, dass sie sich halt nie entscheiden kann.

Zum Beispiel waren wir im Sommer Eis essen und Luze sollte sich zwei Bällchen aussuchen. Ewigkeiten hat das gedauert, und irgendwann hat sie angefangen zu weinen und gesagt »Aber wenn ich Himbeere nehme, dann sind Erdbeere und Blaubeere doch traurig!«, als hätte sie im Sportunterricht Himbeere in ihre Mannschaft gewählt und die anderen beiden nicht.

Wir haben dann gar kein Eis gegessen an dem Tag. Gregor hat uns Schorlen gekauft und die haben wir getrunken und Luze hat wieder aufgehört zu weinen.

Der Hund ist also vielleicht ein Mädchen oder ein Junge oder gar nichts und ganz groß und ganz klein und hat alle Farben und alle Felle.

Weil Luze vielleicht alle Hunde am liebsten hat.

Dann ist das so.

Kurz hab ich überlegt, ob ich sie jetzt ärgere. Sage, dass das ja gar nicht geht. Dass ja kein Hund alle Farben haben kann. Oder dass sie ja selbst gar nicht weiß, wie ihr eigener Hund aussieht.

Bestimmt hätte sie irgendwann geweint.

Das wäre gemein gewesen. Ich glaub, ich war einfach immer noch so auf Krawall gebürstet, wie Mama das nennt. Streitlustig.

Dabei ist Streit nie lustig. Manchmal will man jemandem wehtun, weil man selbst wehtut.

Aber ehrlich gesagt war ich ganz froh, dass Luze wieder gesungen hat. Und seit der Hund da war, hat sie auch wieder gelächelt und sogar gelacht. Gekichert. Das hat sie vorher ewig nicht gemacht.

Aber eben auch ganz viel mit der Luft geredet.

Mama hat natürlich allen Erwachsenen im Haus-Chat Bescheid gesagt.

Und ich glaube, kein Einziger hat sich drüber lustig gemacht.

Die sind alle verdammt NETT.

Und dann hab ich mich gefragt, ob die in der Schule auch so nett zu Luze und ihrem unsichtbaren Hund sind.

Also hab ich gefragt, ob das Pferd denn mit in der Schule war. Ob es denn jetzt mit uns nach Hause geht. Da hat Luze gesagt, dass es dabei war, dass das aber niemand weiß, weil Tiere in der Schule verboten sind.

Sie hat mich angeschaut und den Handschuh vor den Schal gehalten, also Scht.

Ich hab genickt. Und dann hab ich gefragt, ob sie denn irgendwem in der Schule von dem Hund erzählt hat. So im Geheimen.

»Nein«, hat sie da leise gesagt. Und erst war ich froh, weil andere Kinder ja echt fies sein können. Aber dann hab ich Luze angeschaut und gedacht, dass es auch traurig ist, wenn da niemand in der Schule ist, dem man sein Geheimnis erzählen kann. Oder möchte. Und hab an Lisa gedacht. Und dann zu Luze gesagt, dass wir jetzt echt schnell nach Hause sausen müssen, weil wir sonst einfrieren.

Als wir heimgekommen sind, hab ich das Radio angemacht und da hieß es eben auch, dass es irrsinnig kalt ist und noch kälter werden würde und dass sich die Politiker deswegen treffen würden. Und am Abend, als Mama und Gregor wieder daheim waren, hieß es, dass wahrscheinlich alle Kinder zu Hause bleiben müssten und nicht mehr in die Schule durften. Und alte Leute sollten auch daheim bleiben.

»Wie alt?«, hab ich gefragt. Weil Gregor ist auch schon ganz schön alt, also hab ich gesagt: »So alt wie Gregor?« Der hat mir die Zunge rausgestreckt, was ganz schön kindisch ist, aber jünger macht ihn das auch nicht. Und dann hat er mir die Haare verstrubbelt.

»Älter als wir«, hat Mama gesagt.

Und damit war der Käse gegessen.

Und am Sonntag dann, da waren die Politiker fertig mit Treffen und Reden und hatten ihre Käses (Käsen?) auch gegessen, und entschieden, dass alle Kinder, die noch nicht in die Oberstufe gehen, daheim bleiben müssten. Und eben die Alten. Aber die haben »Senioren« gesagt.

»Keine Schule!«, hab ich gerufen und bin ein bisschen durch die Wohnung gehüpft und hab immer wieder »Keine Schule!« gerufen. Und dann wollte ich schon Lisa schreiben, aber dann ist mir wieder eingefallen, dass wir ja verkracht waren. Und wenn man mit Lisa verkracht ist, wenn man, nein, wenn ICH Streit mit Lisa habe, dann schweigt die. Dann tut die so, als würde es mich gar nicht geben. Was echt eklig ist. Wie Zahnschmerzen.

Schön ist anders.

Freundschaft eh.

(Von dem Streit hab ich zu Hause nichts erzählt. War eh egal.)

Also war Schluss mit Freuen und ich bin wieder in die Küche, wo Mama und Gregor gerade Abendbrot gemacht haben, oder das Abendbrot machen sollten, aber dann mussten sie sich unterhalten, planen. Weil Luze und ich ja zu Hause bleiben sollten. Also haben Mama und Gregor sich drüber unterhalten, wer wichtiger auf der Arbeit ist. Und Mama hat irgendwann gefaucht und Gregor hat doofe Sachen gesagt, und dann hat Mama auf den Tisch gehauen und gesagt, dass das albern ist, »Wir machen halbe-halbe«.

Und beide müssten eben mal zu Hause bleiben. Da hat Gregor gesagt, dass das aber bei ihm nicht so einfach ist, und Mama hat gesagt, sie könnte gerne bei Gregors Chef anrufen und ihm erklären, wie einfach das zu sein hat.

Ich versteh nicht, dass Gregor immer noch denkt, dass er mit Mama so argumentieren kann. Die diskutiert jeden in Grund und Boden.

Also hat Mama gesagt, dass sie dann eben die ersten Tage zu Hause bleibt, aber dass sie von Gregor erwartet, dass er sich gleich Montag mit seinem Chef auseinandersetzt.

Ich sag das nur so, weil sie das so gesagt hat.

Was argumentieren ist, weiß ich auch nur wegen Mama.

Dann hat sie mich gesehen und gesagt, dass es gleich Abendbrot gibt und ich Luze Bescheid sagen soll.

Also wieder zurück in unser Zimmer, wo Luze dem Pferd, dem Hund ein Buch vorgelesen hat.

Also nicht echt. Luze war ja gerade erst ein halbes Jahr in der Schule. Die ersten paar Monate hat sie noch jeden Schultag gezählt. Jedes Mal, wenn wir jemandem im Flur oder so begegnet sind, oder wenn irgendwer gesagt hat »Na, Luze, wie ist alles?«, dann hat sie so was gesagt wie »Ich bin schon 28 Tage in der Schule«.

Bei 60 Tagen hat sie aufgehört zu zählen.

Jedenfalls hat Luze dagesessen und dem Hund, dem Pferd, ein Bilderbuch vorgelesen, auch wenn sie nach dem ersten halben Jahr immer noch nicht so viel von Buchstaben gehalten hat.

Das macht aber nichts, hat sie gesagt, weil sie die Geschichten ja eh kennt, und wenn sie was vergessen hat, dann hat sie sich den Rest einfach ausgedacht. Oder erzählt, was auf den Bildern so passiert.

»Es gibt Abendbrot«, hab ich gesagt. Aber Luze hat einfach weiter vorgelesen.

Und weil ich sauer war, auch wenn ich schon nicht mehr gewusst habe, warum, hab ich zu Luze gesagt: »Wir dürfen ab jetzt nicht mehr raus.«

Und weil sie nicht reagiert hat, hab ich außerdem gesagt: »Weil es so kalt ist. Musst auch aufpassen, dass das Pferd nicht rausgeht. Weil es sonst einfriert. Das ist ganz schön doof, weil du ja auch Gassi mit dem gehen musst. Oder muss dein Hund nie?«

Da hat Luze geseufzt, das Buch zugeklappt, vorher noch ein Papierchen als Lesezeichen reingelegt und dann ist sie aufgestanden, hat die Luft über dem Hundenest gestreichelt und erst dann hat sie mich angeschaut und gesagt: »Das Pferd weiß das ja schon. Und ich auch.«

»Ja und?«, hab ich gesagt.

»Und wenn das Pferd muss, dann geht es eben aufs Klo.«

Dann ist sie in die Küche gegangen.

Ich war immer noch sauer und hab gedacht, das wäre wegen dem Hund und wegen meiner kleinen Schwester.

Und dann bin ich auch in die Küche und hab mich an meinen Platz gesetzt.

Wenn es dunkel ist und Vincent in seinem Zimmer ist, dann kann man das von unserer Küche aus sehen. Im Innenhof ist ein Aufzug, und der Aufzugschacht ist aus Glas. Und Vincent hat sein Zimmer direkt über unserer Küche.

Ich hab da auf meinem Platz gesessen und gesehen, dass die gelbe Papierlampe in Vincents Zimmer an war. Und hab ein bisschen von seinem Kopf gesehen, aber nur das obere Ende.

Ich glaub, ich will ein bisschen über Vincent erzählen.

Vincent ist der schönste Junge auf der Welt.

Er hat grüne Augen, die sehen aus wie mit Filzstift ausgemalt, und Sommersprossen, das ganze Gesicht voll, und dann hat er auch noch Locken, die sind so korkenzieherig und so wild und sehen aber so weich aus, dass ich mir selbst immer die Hände festhalten muss, damit ich nicht reingreife.

Und seine Nase geht ein bisschen nach oben, aber nur so ein ganz klein wenig, und wenn er läuft, sieht er aus, als hätte er ein total cooles Lied im Ohr und würde dazu im Takt laufen. So lässig. Ein doofes Wort. Aber passt.

Vincent ist zwei Klassen über mir, und hab ich schon gesagt, wie wunderschön er ist? Man kann das gar nicht oft genug sagen.

So schön, dass mir das Herz immer ein bisschen wehtut, wenn ich ihn sehe. Auch ohne dass es kalt ist.

Das klingt jetzt ganz schön schmalzig und kitschig und so.

Aber es geht nicht anders.

Ist alles wahr. Auch das mit dem Herz.

Aber ich hab nur gewusst, wie schön er von außen ist.

Das ist wichtig, aber nicht alles. Und vielleicht ist es dann auch wieder nicht so wichtig. Wenn man nämlich von innen hässlich ist, dann kann man draußen die allerschönste Schönheitskönigin sein, das macht es auch nicht besser.

Jedenfalls ist Vincent außen ganz schön hui, und ob der innen hui oder pfui ist, hab ich nicht gewusst.

Dabei gehen wir sogar auf dieselbe Schule. Mit demselben Schulweg und so. Aber das hat Vincent nicht interessiert.

Das Allerallerschönste an Vincent aber, das ist sein Lachen. Alles wird besser, wenn Vincent lacht.

Leider lacht Vincent sehr selten.

Und in dem Winter hat er meistens sauer geguckt. Ich hab das nicht verstanden. Na gut, morgens auf dem Weg zur Schule, das kenn ich ja von anderen, dass die morgens nicht reden wollen. Oder müde sind. Oder sich nicht auf die Schule freuen. Aber Vincent hat morgens so geguckt und mittags auch (ich hab ihn immer abgepasst und bin dann so halb mit ihm nach Hause gegangen).

Und im Haus, wenn ich ihn da gesehen habe, auch. Wenn er den Müll runterbringen musste oder so.

Jedenfalls hab ich mir dann vorgenommen, Vincent zum Lachen zu bringen. Mit Witzen. Klar.

Weil ich mich immer freue, wenn mir jemand einen neuen Witz erzählt.

Morgens hab ich ihm einen erzählt, da hat er nur die Augenbraue hochgezogen, mittags auf dem Heimweg auch, und wenn ich ihn dann im Hof bei den Mülltonnen getroffen habe, da noch mal.

Irgendwann hat er mit den Augen gerollt. Und später hat er sich sogar Kopfhörer in die Ohren gesteckt, sobald er mich gesehen hat.

Das war mir aber egal. Ich hab weiter Witze rausgesucht. Und Gregor hat geholfen. Der kennt ganz gute. Mama hat das auch versucht, aber die ist nicht so gut darin, weil sie sich Witze nicht merken kann und sie dann auch noch schlecht erzählt, was eigentlich auch wieder witzig ist. Aber egal. Die beiden haben nicht gewusst, warum ich Witze sammle. Ich hab die zu Hause ausprobiert, und wenn jemand gelacht hat, dann hab ich den Witz Vincent erzählt. Weil ich eben gedacht hab, wenn ich nur den richtigen Witz erzähle, wenn er nur einmal richtig lacht, so dolle, dann muss er auch nie wieder sauer sein. Vielleicht braucht es nur einen guten Witz und ein gutes Lachen.

Aber wie gesagt: Hat nicht funktioniert.

Und dann hab ich dagesessen am Esstisch und die oberen fünf Prozent von Vincent im Fahrstuhlschachtglas gesehen und gedacht, dass wir ja jetzt nicht mehr in die Schule gehen. Keine Schule heißt kein Schulweg. Kein Witz morgens, keiner nachmittags.

Und ich hab mich gefragt, wann ich Vincent dann noch sehen soll, also ihn und nicht nur fünf Prozent von ihm, und die auch noch gespiegelt.

Aber dann hat Mama auch schon angefangen zu reden, dass das jetzt nicht heißen würde, dass ich Ferien hätte. Oder Luze.

»Eure Lehrer werden sich bestimmt melden und euch Aufgaben schicken.«

Und dann hat sie uns beide angeschaut und ich hab gedacht,

dass Mama bestimmt strenger ist als unsere Lehrerinnen. Also keine Ferien.

Nur, dass wir jetzt in Wollsocken Mathe machen konnten. Das macht Mathe nicht wirklich besser. Und ich mag Mathe!

Und dann ist das Licht in Vincents Zimmer ausgegangen und ich hab im Küchenfenster nur noch uns gesehen und draußen war alles dunkel.

Schweinekalt und zappenduster.

3

Morgens bin ich davon wach geworden, dass Luze ein sehr lautes und plötzliches Geräusch gemacht hat und senkrecht im Bett saß. Ich hab mich wieder umgedreht und wollte weiter schlafen, aber dann stand Luze neben mir und hat mich angetippt und immer wieder »Clara, Clara, Clara, bist du wach?« gesagt, bis ich die Augen aufgemacht und sie angestarrt hab, und selbst dann hat sie nicht gleich aufgehört.

»WAS?!«, hab ich gesagt. Und gedacht: Ich muss doch gar nicht aufstehen. Ich muss doch gar nicht in die Schule.

Draußen hab ich Gregor und Mama gehört, die uns nicht geweckt haben, weil die bestimmt auch gedacht haben, dass wir ja nicht aufstehen müssen.

»Die malen unsere Wand an!«, hat Luze gesagt und ganz entsetzt geguckt.

»Welche Wand?«

Aber da ist sie schon aus dem Zimmer gerannt, im Schlafanzug, barfuß, unsere Zimmertür hat sie offen gelassen, da hab ich Gregor und Mama in der Küche stehen sehen, und wir haben uns kurz angeguckt, und Mama hat noch gesagt »Luze, hallo, wir …«, aber da war Luze schon aus der Wohnung raus.

Also bin ich auch aufgesprungen und in den Hausflur und hab geschaut, wo Luze hin ist, auch barfuß, aber zum Glück haben wir im Treppenhaus so einen Teppich, weil das echt schon ganz schön kalt war.

Und Mama stand in der Wohnungstür und hat auch geschaut, wie Luze in die Wohnung gegenüber gesaust ist, wo bis vor Kurzem noch ihr allerallerbester Freund von der ganzen Welt gewohnt hat.

Da stand nämlich auch die Tür offen. Und drinnen waren Menschen. Maler.

Ich bin also hinter Luze in die Wohnung, und da stand sie, im Kinderzimmer von Silas und Halina.

»NEIN!«, hat Luze so laut gerufen, dass die Maler, die da gerade malerten, sich richtig erschreckt (erschrocken?) haben, richtig gezuckt haben die. Und sich umgeguckt.

Und Luze hat gerufen: »Neinneinnein, nicht wegmachen!«

Weil die Maler das Bild, das Luze und Silas jahrelang gemalt haben, das Gemälde, das fast die ganze Wand eingenommen hat, zu dem die beiden sich Geschichten und hastenichgesehn ausgedacht haben, das haben sie mit Weiß übermalt. Mit dickem Weiß, mit langweiligem, nichtssagendem Weiß. Mit einem Weiß, das so getan hat, als lägen drunter nicht einhundert und fünf Geschichten.

»CHEF?!«, hat da ein Maler gerufen.

Und aus dem anderen Zimmer kam noch so ein Mann, der meinte »Was ist denn hier los? Besuch?«, und wollte nett tun, aber Luze war wütend.

»Ihr macht das ganze schöne Bild weg!«

Da ist auch Mama rübergekommen, hat sich zwischen den Chef und Luze geschoben und irgendwas von »Tutmirleid« und »Luzekommamit« gemurmelt und versucht Luze wieder aus der Wohnung zu schieben.

»Mama, guck doch mal!«

»Ja, ich hab's gesehen«, hat Mama gesagt.

»Aber …«

»Ich weiß«, hat Mama gesagt.

Mama und Luze sind sich ganz schön ähnlich. Das ist komisch, wenn man das andere Kind ist. Das Kind, das Mama nicht so ähnlich ist.

Mama hat nur sagen müssen »Ich weiß« und Luze ist mitgekommen, hat sich von Mama auf den Arm nehmen und wieder in unsere Wohnung, in unsere Küche tragen lassen.

Da hat Mama sich hingesetzt und Luze auf dem Schoß gehabt und ihre Haare gestreichelt und Luze hat ein bisschen geweint. Und Gregor hat ihr Socken gebracht und sie ihr angezogen und ihre Füße gerubbelt, ein bisschen. Dann hat er sie gekitzelt.

Und sie hat sogar ein bisschen gelacht.

»Ist das Pferd denn schon wach?«, hat Mama gefragt.

»Na klar«, hat Luze geschnupft, »von dem weiß ich das ja mit dem Bild.«

»Mmh«, hat Mama gesagt und Gregor angeschaut, und der hat mit den Schultern gezuckt und auch nicht gewusst, wie ein unsichtbarer Hund das mit dem Wandbild von Luze und Silas wissen konnte.

Gregor hat uns schnell noch Frühstück hingestellt, sich selbst sein Brot und seine Thermostasse genommen, dann hat er sich ganz viel angezogen, uns allen nacheinander Küsse auf die Haare gedrückt und ist raus in die Kälte.

»Nicht festfrieren, du!«, hat Mama noch gesagt.

»Haha«, hat Gregor gesagt und dann ist die Tür ins Schloss gefallen.

Mama hat auf die Uhr geschaut.

Dann hat sie Luze gefragt, ob die wieder allein sitzen kann. Und ich hab gewusst, dass Mama jetzt einen Termin hat oder sonst irgendwas für die Arbeit machen muss, und schon gedacht, auweia, bestimmt fängt Luze wieder an zu weinen, aber die hat gesagt, dass das okay sei, und nach dem Pferd gerufen und ihm eine Schüssel mit nichts auf den Boden gestellt.

»Luze«, hab ich gefragt, »ist das Hundefutter auch unsichtbar?«

»Nein«, hat sie gesagt.

Okay, hab ich gedacht und nicht weiter gefragt.

Dann hab ich meine Haferflocken umgerührt und gedacht, dass wir wenigstens ein Foto hätten machen sollen von dem Wandbild. Weil das episch war. So war das nämlich. So groß und bunt und voll, dass man so ein besonderes Wort wie episch braucht.

So ein großes Wort, das man nur sagen kann, wenn man aufrecht sitzt oder steht.

Dann hab ich nachgedacht und dann hab ich in der Kammer geschaut, ob wir noch die Tapetenrolle von den Vormietern haben, die seit immer im Kämmerchen steht, und die war da. Und dann hab ich die im Kinderzimmer ausgerollt so weit es ging und meine Haferflocken mitgenommen und mich auf mein Bett gesetzt. Und nachgedacht.

Luze ist auch gekommen und hat sich neben mich gesetzt.

»Irgendwo waren Berge«, hab ich gesagt.

Luze hat genickt und dann ist sie aufgesprungen und hat von ihrem Schreibtisch Buntstifte und Wasserfarben und Filzstifte und Wachsmalstifte und Aufkleber geholt.

»Da!«, hab ich gesagt. »Da müssen die Berge hin, oder?«

Luze hat genickt und dann hat sie sich auf den Boden gehockt und angefangen zu malen. Manchmal hat sie gesummt, dann hat sie dem Pferd gesagt, dass es vom Papier runtergehen soll, weil die Farbe noch nicht trocken ist. Ich hab ihr zugeschaut und meine Haferflocken fertig gegessen. Ich kann nicht malen. Aber ich kann zuschauen. Und wenn Luze hochgeguckt hat und gesagt hat »Clara, was war denn da?«, hab ich nachgedacht und mich erinnert und ihr gesagt, dass da Sonnenblumen waren oder eine Bäckerei oder drei Wolkenbrüder, oder ich hab ihr gesagt, dass sie ja nicht die Kutsche und den Wal in der Kutsche vergessen darf.

Mama stand irgendwann in der Tür und hat Luze gesehen, wie sie da gehockt und gemalt hat und wie die Tapete immer voller wurde.

Dann hat sie mir Blätter in die Hand gedrückt und mir gesagt, dass das die erste Hälfte meiner Aufgaben ist. Sie hatte aber noch mehr Blätter in der Hand und die waren für Luze.

Mama hat nichts zu Luze gesagt, hat ihre Aufgaben nur neben mich aufs Bett gelegt, ist dann kurz raus und kam dann gleich wieder mit ihrem Handy. Hat ein Foto gemacht von Luze, aber vor allem von dem Bild.

Oben hat es gepoltert. Oben hat es geknallt, dass ich zusammengezuckt bin. Und dann ist im Treppenhaus eine Tür aufgegangen und ich hab's rufen und streiten gehört.

Und wie jemand laut »VINCENT, ES REICHT JETZT!« gerufen hat.

Und dann noch ein bisschen Gepolter, das ich nicht einordnen konnte.

Luze hat einfach weiter gemalt und gesagt: »Vincent will in die Schule gehen.«

»Quatsch«, hab ich gesagt.

Luze hat nicht geantwortet.

»Warum das denn?«, hab ich gefragt.

Luze hat Luft geholt und gelauscht und dann gesagt: »Weil er kein Kind mehr ist, sagt er.«

»Hast du das eben gehört, oder denkst du dir das aus?«, hab ich Luze gefragt, die da gerade angefangen hat ein Riesenrad zu malen.

»Hunde können viel besser hören als wir. Und weißt du was, die können so gut riechen, die riechen sogar, was du gestern zum Frühstück gegessen hast!«, meinte Luze.

Da war ich froh, dass meine Nase so schlecht ist, aber ich bin trotzdem ins Bad und hab mir die Zähne geputzt.

Dann hab ich mir das Gesicht gewaschen und mich angezogen. Und meine Schüssel in die Küche gebracht und dann hab ich den Tisch abgeräumt und sauber gewischt. Und dann hab ich alles da hingetan, wo es hingehört. Und dann hab ich auf die Uhr geguckt und geseufzt und erst dann hab ich meine

Aufgaben genommen und bin an meinen Schreibtisch gegangen und hab die ganze Zeit nach oben gelauscht, aber da hat nichts mehr gepoltert, da war alles still.

Wir haben Luze malen lassen. Irgendwann ist sie aufgestanden, hat sich alles von oben noch mal angeschaut. Und geseufzt. Und gesagt: »Weißt du, Pferdchen, das alte, das war schon schöner. Aber das hier ist auch schön. Das andere war schöner, weil … Weil.«

Ich hab mich vom Schreibtisch umgedreht und sie angeguckt, wie sie dagestanden und mit der rechten Hand in ihren Haaren gezwirbelt hat.

Oben hat wieder eine Tür geknallt. Aber das hat nichts zu heißen.

Unser Haus ist alt und hat dünne Wände und Decken und Böden. Ich hab auch schon Manja nebenan niesen gehört. Echt wahr.

Ich hab auf die Uhr geschaut und in dem Moment kam Mama rein und hat Luze gefragt oder gesagt, dass oder ob sie jetzt ein bisschen Schularbeit machen soll oder will. Luze hat okay gesagt und hat sich dann im Schlafanzug an den Schreibtisch gesetzt und Mama ist zu ihr und hat ihr die Aufgaben vorgelesen.

»Ja, Mama, ich weiß, ich kann das schon alleine!«, hat Luze gesagt und ihren Stift gegriffen und angefangen.

Mama hat mich angeguckt und gefragt, ob ich denn Hilfe bräuchte, und das wäre schon schön gewesen, aber wenn meine kleine Schwester sich nicht mehr helfen lässt, dann ich auch nicht.

»Wie weit bist du?«, hat Mama gefragt.

»Weiß nicht«, hab ich gesagt.

Und eigentlich war das auch egal, weil ich nichts abzugeben hatte und weil Mama wieder an ihren kleinen Schreibtisch im Schlafzimmer wollte oder musste.

Und ich hätte noch Aufgaben gehabt, aber dann wollte ich doch erst mal Tee machen und hab gedacht, dass Mama sich bestimmt auch über frischen Tee freut. Und dann bin ich in die Küche und hab Wasser aufgesetzt und schon Beutel in die Kanne gehängt und dann musste ich ja warten, also hab ich aus dem Küchenfenster geschaut. Aber es war zu hell, um in Vincents Zimmer zu gucken. Ich hab zu den Mülltonnen geschaut, die haben da auch nur rumgestanden. Dann hab ich nach unserem Müll geguckt und dann hat das Wasser gekocht und ich hab den Tee aufgegossen.

Und dann hab ich von oben wieder Stimmen gehört, aber nicht, was die gesagt haben, und dann ging wieder eine Tür. Diesmal war das die Wohnungstür. Also hab ich mir unsere Mülltüte geschnappt und bin auch raus aus der Wohnung und hab dagestanden und gedacht, dass Vincent bestimmt gleich runterkommt. Gegenüber stand immer noch die Tür offen und die Maler haben sich unterhalten und Radio gehört und einer hat sogar dazu gesungen. Und gar nicht mal falsch.

Aber Vincent ist nicht runtergekommen. Die Schritte sind nach oben gegangen.

Also bin ich auch hoch, erst in sein Stockwerk, dann höher, und irgendwann war ich im Dachgeschoss. Das ist der fünfte Stock.

Da saß Vincent auf dem Boden neben der Tür von Björnsons, aber die waren nicht da. Die sind immer mal wieder weg, und dann lange. Jetzt eben auch.

»Was willsten du hier?«, hat Vincent gesagt und sauer geguckt und nicht gelächelt, und ich hab dagestanden und plötzlich gemerkt, dass ich ja immer noch eine Mülltüte in der Hand habe, aber wenigstens hab ich nicht im Schlafanzug vor ihm gestanden.

Und dann hab ich gesagt: »Was ist ein Keks, der unter einem Baum liegt?«

Vincent hat mich nur angeschaut und irgendwann ist ganz leicht seine linke Augenbraue hochgegangen.

Aber er hat nicht geantwortet und nicht mal gefragt »Was?« oder »Keine Ahnung« gesagt.

»Ein schattiges Plätzchen.«

Vincent hat nicht gelacht. Auch nicht gelächelt und mich irgendwann nicht mal mehr angeguckt, wie ich da mit meiner dämlichen Mülltüte gestanden habe, sondern angefangen an seinen Turnschuhen rumzupiddeln.

»Gehst du raus?«, hab ich gefragt, weil er ja Schuhe anhatte und keine Puschen.

»NEE?«, hat er geantwortet.

»Warum hast du denn Schuhe an?«

»Warum hast du denn 'ne Tüte in der Hand?«

»Weil ich gleich den Müll runterbringe.«

»Viel Spaß.«

Und dann hab ich kurz nachgedacht, aber mein Mund war schneller, also hat der schon gesagt: »Weißt du, was ich komisch finde? In amerikanischen Serien oder Filmen haben die immer Straßenschuhe an. In der Wohnung. Und dann sitzen die manchmal mit den Straßenschuhen auf ihrem Bett oder dem Sofa, so mit Füßen oben. Das ist doch eklig. Findste nicht auch?«

»Du hast Probleme«, hat da Vincent gesagt.

»Hab ich gar nicht!«, hab ich gesagt und dann war ich mutig und hab die Tüte abgestellt und gehofft, dass die nicht suppt oder umkippt oder so, und hab mich ans Treppengeländer gesetzt und gesagt: »Und was mich echt kirre macht, ist, wenn die in Filmen die Tür nicht zumachen! Kennst du das?«

Aber Vincent hat nur weiter an seinen Schuhen rumgepiddelt, an der Sohle.

Und dann ging wieder eine Tür im Treppenhaus und danach Schritte, die nach oben kamen. Da ist Vincent hellhörig geworden und hat aufgehört seine Schuhe kaputt zu machen, hat sich aufrecht hingesetzt und böse zur Treppe geguckt. Und dann nicht mehr böse. Weil da Luze stand und immer noch, ungelogen, im Schlafanzug!

»Hallo!«, hat Luze gesagt.

»MANN!«, hat Vincent gesagt, während Luze sich zu uns gesetzt und ihre Beine angezogen hat. Erst hat sie mich angeguckt, dann Vincent, und dann zu ihm gesagt: »Ich hab jetzt einen Hund!«

»Echt jetzt?«, hat Vincent mich gefragt.

Was sag ich denn jetzt?, hab ich gedacht.

Also nicht geantwortet, nur panisch Luze angeguckt und gewartet, was sie als Nächstes sagt.

»Warum willst du denn in die Schule, wenn da niemand ist?«, hat Luze gefragt.

»Wie, was?«, hat Vincent gefragt und uns beide komisch angeguckt.

»Du hast dich doch gestritten«, hat Luze gesagt. »Und weißt du, streiten ist nicht schlimm, ne, Clara? Clara hat sich auch ganz schön gestritten, aber das wird wieder gut. Man muss sich halt wieder vertragen und wieder gut miteinander sein.«

»Luze!«, hab ich da gesagt.

»Ey, spioniert ihr mir nach, oder was?«

»Nein«, hat Luze zu ihm gesagt und dann zu mir: »Ui, Spion, vielleicht werde ich Spion, wenn ich groß bin, gibt es dafür auch eine Schule?«

»Weiß nicht«, hab ich gesagt. »Wenn, dann nur eine ganz geheime. Damit das niemand weiß«, und dann hab ich mir einen Finger an die Lippen gelegt und ein Auge zugekniffen und Luze hat probiert das nachzumachen, aber sie kann das nicht wirklich, mit nur einem Auge zwinkern. Die presst dann beide Augen zu. Das sieht echt lustig aus.

Vincent hat ein bisschen geschnauft.

Also haben wir ihn wieder angeguckt.

»Könnt ihr mal abhauen?«, hat er gefragt.

»Warum?«, hat Luze gefragt.

»Weil ich allein sein will!«

»Aber du hast doch ein Zimmer für dich allein!«, hab ich da gesagt. Und gedacht, wie einfach das dann sein muss, allein zu sein. Und Ruhe zu haben, wenn man das will. Aber dann hab ich auch gedacht, dass Vincent ja selbst immer poltert und Türen schlägt. Von wegen Ruhe.

Ich versteh dich nicht, lieber Vincent, hab ich gedacht, aber nicht gesagt, weil ich ihm das nicht sagen wollte, dass ich ihn lieb finde.

»Ja, aber da ... Könnt ihr jetzt abhauen?«, hat Vincent es wieder versucht, aber Luze hat mir am Ärmel gezuppelt und meinte plötzlich: »Clara, Clara, Clara, da zieht jemand ein!«

So lange hat das gedauert, bis bei ihr der Groschen gefallen ist. Dass in der Wohnung gegenüber von uns gemalert wird, weil da jemand Neues einzieht.

»Jap«, hab ich gesagt.

»Wo?«, hat Vincent gefragt.

»Gegenüber!«, hat Luze gesagt, und dann: »Clara, was glaubst du, wer da einzieht? Jemand mit Kindern? Jemand mit einem Trampolin? Vielleicht haben die ein Aquarium mit Fischen drin! Oder mit Eidechsen! Oh, hoffentlich darf ich mit denen spielen. Hoffentlich mögen die Hunde!«

Und zu Vincent: »Der Hund heißt das Pferd und du kannst es nicht sehen, aber die anderen können das auch nicht.«

Vincent hatte den Mund offen stehen. Ich aber bestimmt auch. Und dann hat Mama von unten gerufen: »CLARA, LUZE!« Und Luze hat zu Vincent gesagt: »Du kannst ja auch zu uns kommen, wenn du nicht daheim sein willst.«

Aber Vincent ist da einfach sitzen geblieben, als ich aufgestanden bin und Luze auch und als ich die Mülltüte genommen hab, die doch ein bisschen gesuppt hat. Hat uns nur kurz hinterhergeschaut, als wir die Treppe runter sind, aber dann hat er wieder angefangen an seinen Schuhen rumzupiddeln und hat wieder Gewitterwolkenaugen bekommen.

»Wir denken uns was aus«, hat Luze gesagt und meine Hand genommen.

»Für das Bild?«, hab ich gefragt.

»Für alles«, hat Luze gesagt, und dann hat uns Mama reingescheucht und den Müll selbst runtergebracht und ich hab den Wasserkocher noch mal angeschaltet, weil der Tee schon bitter war.

4

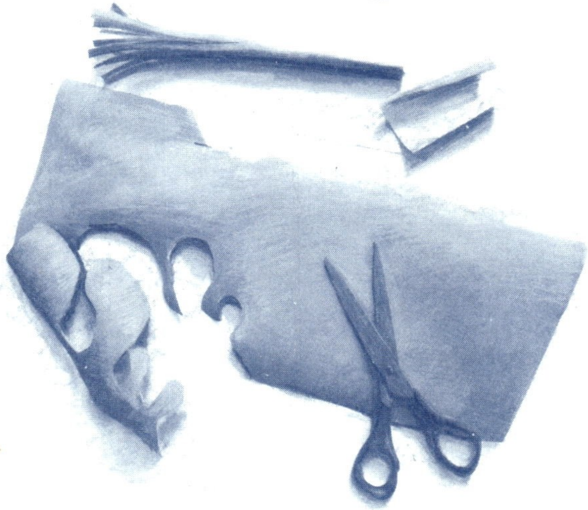

Fünfzig Mal hab ich an dem Tag mein Handy in die Hand genommen und mich dann erinnert, dass Lisa und ich nicht reden. Also jetzt nicht genau fünfzig Mal. Aber fast.

Immer wieder hab ich unseren Chat angeschaut und manchmal war sie online und ich hab gedacht, vielleicht schreibt sie gleich was, aber das hat sie nicht.

Aber im Klassen-Chat war was los.

Wegen den Hausaufgaben, was ja plötzlich alle Aufgaben waren, wegen der Schule und weil sich alle gefragt haben, wie lange das wohl geht, und dann vor allem: Langeweile.

Dazwischen immer wieder komische Videos. Und dann haben ein paar angefangen selbst Videos zu machen, aber richtig lustig waren die nicht.

Lisa hat nichts gepostet.

Luze hat noch an ihren Schulaufgaben gesessen. Weil sie nämlich getrödelt hat. Ich war schon längst fertig und mir war langweilig.

»Wollen wir ein Video machen?«, hab ich zu Luze gesagt.

»JAAA!«, hat sie gleich gerufen und ist von ihrem Schreibtischstuhl aufgesprungen. »Okay, was soll ich machen?«, hat Luze gefragt.

Ganz aufgeregt war sie.

Und ich hab doch sonst echt gute Ideen, aber da war mein Gehirn von einem auf den anderen Moment leer gepustet. Nichts. Keine einzige Idee.

Nur mit den Schultern zucken konnte ich.

Wir können, wir können, hab ich gedacht und echt keinen Einfall gehabt.

»Wir machen einen Tierfilm!«

»Mit was für Tieren denn?«, hab ich Luze gefragt und gedacht, bitte, bitte sag jetzt nicht das Pferd, das ein Hund ist. Weil, erstens ist es kein Pferd, und zweitens ist es ein unsichtbarer Hund und dann sieht das meine ganze Klasse.

Also sieht es NICHT, weil da ja kein Hund ist.

Ich hab also schon drauf gewartet oder befürchtet, dass Luze sagt, dass wir ein Video mit dem Pferd machen, wie es irgendwelche Kunststücke macht oder was weiß ich, und letzten Endes nur Luft filmen, mit Luzes Stimme im Hintergrund, die uns erzählt, was zu sehen wäre, wenn es etwas zu sehen gäbe.

Aber falsch gedacht.

Luze hat in der Bastelschublade Bastelpapier und Knete gesucht und dann in der Krimskramskiste nachgeschaut, was sie so an Figuren findet. Und angefangen, die Knete weich zu kneten.

Und dann hat es geklingelt. An der Wohnungstür. Mama hat ja gearbeitet und vielleicht deswegen nichts gehört. Und Luze hat sich mit der trockenen Knete abgemüht, also bin ich an die Wohnungstür gegangen. Da stand der Vater von Vincent.

»Hallo Clara«, hat er gesagt und ich hab nur »Hallo« geantwortet, weil ich mir seinen Namen nicht merken kann und auch gar nicht weiß, ob ich ihn duzen darf. Bei den anderen hier im Haus ist das gar kein Problem, aber Vincents Vater ist so ... so super erwachsen. Und ich hab auch noch nie mit dem geredet. Manchmal guckt der auch durch mich durch oder über mich drüber, wenn wir im Treppenhaus aneinander vorbeigehen. Und überhaupt arbeitet der eh total viel. Glaub ich.

»Ist deine Mutter da? Oder dein Vater?«, hat er gefragt.

»MAMA!«, hab ich gerufen.

Mama hat nicht reagiert.

Der Vater von Vincent hat mich angestarrt und dann in die Richtung geguckt, in die ich nach Mama gerufen habe. Ich hab noch mal gerufen.

Wieder nichts.

Und dann hab ich gesagt »Ich guck mal« und bin ins Schlafzimmer geschlichen.

Da hat Mama vor dem Laptop gesessen und geredet. Und als sie mich gesehen hat, hat sie mich weggescheucht. So mit der Hand. So »Husch husch!«.

Als ich nicht sofort gegangen bin, hat Mama die Bewegung größer gemacht und wäre fast aufgestanden, aber sie hat ja mit dem Kopfhörer am Laptop festgehangen.

Also bin ich wieder zur Wohnungstür. »Mama arbeitet«, hab ich leise gesagt.

Der Vater von Vincent hat sich am Kopf gekratzt.

Und vom Treppenhaus her hat Vincent gerufen: »Papa, das ist total peinlich, ey!!«

»Vincent, es reicht mir! Geh in dein Zimmer, du hast noch Aufgaben zu machen!«

Laut.

Ich bin ein bisschen rot geworden und hab dagestanden und nicht gewusst, wo ich hingucken soll oder ob ich einfach die Tür zumachen soll oder so.

Dann hat Mama doch endlich aus dem Schlafzimmer geguckt und wollte mich wohl anpfeifen, aber dann hat sie Vincents Vater gesehen.

Echt, ich hab keine Ahnung, wie der heißt. Also Herr Leander.

Und Mama hat auch nur ein »Hallo« rausgekriegt, bevor Vincents Vater losgeredet hat und gesagt hat, dass Vincent ja nicht allein zu Hause bleiben kann und er sich aber nur heute freinehmen durfte und Vincent eigentlich zu den Großeltern bringen wollte, und von oben kam wieder »Ich bin doch kein Baby mehr! Ich kann ja wohl allein bleiben!«.

Und zwischendrin auch immer wieder so »Mann, Papa!«.

Da hab ich das Türenschlagen verstanden.

»Kann Vincent zu euch kommen tagsüber?«, hat Vincents Vater dann irgendwann gesagt.

Mama hat Vincents Vater angestarrt, mit einer Hand an der Schlafzimmertür und in ihrem Rücken war noch immer ein Laptop mit lauter Kollegen, die auf Mama gewartet haben.

Aber Vincents Vater wollte eine Antwort. Da hat Mama geschnauft und schnell gesagt »Von mir aus« und ist gleich wieder in ihrem Zimmer verschwunden.

»Mann, Papa!«, hat Vincent gerufen.

Und sein Vater hat nicht mal Tschüs gesagt, sondern ist gleich nach oben gestampft.

Gegenüber hat ein Maler rausgeguckt und sich gewundert.

Und weil der da gerade stand, hab ich gefragt: »Entschuldigung, wer zieht denn da ein?«

»Weiß ich nicht. Ich maler nur. Soll bis zum Wochenende fertig sein.«

Und dann hat er mir zugenickt und ist wieder in der Wohnung gegenüber verschwunden.

Ich bin wieder in unser Zimmer gegangen, da hat Luze geknetet und dem Pferd erzählt, welche Tiere sie am allermeisten mag, aber als ich reingekommen bin, hat sie mich angeschaut.

»Spielen wir jetzt Film?«

Ich hab genickt und gedacht: Morgen kommt Vincent zu uns.

Ich hab mich neben Luze gesetzt und mir ein Stück Knete genommen und die zwischen den Händen gerollt und mein Bauch hat komische Sachen gemacht und mein Kopf und mein ganzes Alles.

»Was sagt eine Schnecke, die auf einer Schildkröte reitet?«, hab ich Luze gefragt, die hat mit den Schultern gezuckt und »Weißnichwasdenn?« gesagt.

»Huiiii!«

Luze hat gekichert und noch mal »Hui« gesagt und dann, dass ich doch den Urwald ausschneiden soll, und ich hab nur hui gedacht, weil Vincent am nächsten Tag den ganzen Tag bei mir sein sollte.

5

Wir haben dann gar nicht mehr angefangen mit dem Film, weil das Kulissenbauen und das Tierekneten und alles so lange gedauert hat, dass wir dann zu Abend essen mussten. Wir haben Gregor von unserem Tag erzählt und als wir fertig waren, hat er Mama angegrinst und gesagt: »Das scheint ja gut geklappt zu haben.« Mama hat gegessen und mit den Schultern gezuckt. »Papa«, hat Luze gesagt, aber Gregor hat Mama angeschaut und meinte dann: »Dieses Kältefrei dauert bestimmt nicht lange. Allerhöchstens zwei Tage.«

»Aha«, hat Mama gesagt.

Gregor hat tief Luft geholt und gesagt: »Ich glaub nicht, dass ich dann meinem Chef Bescheid geben muss, oder? Nein.« Er hat den Kopf geschüttelt und Luze angegrinst, die ihn nur groß angeguckt hat. »Und du kannst ja deine Arbeit auch gut von zu

Hause machen«. Dabei hat er immer noch Luze angeguckt, aber selbst die hat gewusst, dass er Mama meint.

Gregor ist manchmal so ein Dulli. Mama hat aufgehört zu essen und ihr Besteck hingelegt.

»Oh-oh«, hat Luze gesagt und ich gedacht. Nur Gregor hat weiter groß geguckt und dann gesagt: »Was hab ich denn jetzt schon wieder gemacht?«

Luze und ich haben uns angeschaut und mit den Augen gerollt und dann haben wir uns verkrümelt, weil das nicht schön anzusehen und anzuhören ist, wenn Mama und Gregor sich streiten.

Wir haben uns die Zähne geputzt und Schlafsachen angezogen und die Haare gebürstet. Dann sind wir in unsere Betten. Ich hab noch ein bisschen versucht zu lesen, aber Luze hat dem Pferd ein Bilderbuch vorgelesen, und vielleicht ging das deshalb mit dem Lesen nicht. Oder weil ich immer an morgen gedacht hab und also denselben Absatz immer und immer wieder lesen musste und trotzdem nichts davon mitbekommen habe, weil die Gedanken in mir wie Handtücher in einem Wäschetrockner rumgeflogen sind.

Irgendwann hab ich mein Licht ausgemacht, mich auf den Bauch gedreht und noch ein bisschen die Wand angelächelt.

Und dann war morgen. Und früh und ich war SO WAS von wach, was aber auch daran liegen kann, dass die Maler gegenüber schon wieder gearbeitet haben und Musik anhatten und sich immer nur rufend unterhalten haben und weil Luzes und mein Zimmer direkt an den Hausflur grenzt. Also bin ich aufgestanden und hab geduscht, was ich sonst nie morgens mache, und hab mich angezogen und probiert die Haare zu flechten, aber das kann ich nicht so gut, und dann hab ich noch mal was anderes angezogen, und dann hat Mama gesagt, ich soll jetzt endlich frühstücken kommen, weil das alles dann doch länger gedauert hat als gedacht und es inzwischen gar nicht mehr so früh war.

Mama und Gregor haben sich nur angemufft. Gregor ist schnell raus, Küsschen auf Luze und mich, und Mama hat nur in ihre Teetasse geguckt.

Luze hat wieder eine Schüssel mit nichts auf den Boden gestellt und dann versucht mit Mama zu reden, aber die war so einsilbig, das war echt nicht hübsch. Luze hat einfach weiter gequasselt. Und ich hab aus dem Fenster geschaut, weil es ja noch dunkel war, und bei Vincent war Licht an und ich hab auch seine Schritte oben gehört und hab mich die ganze Zeit gefragt, wann er wohl endlich runterkommt.

Aber er kam nicht. Um acht fängt ja die Schule an, da war Vincent noch nicht da. Ich hab schon in meinem Zimmer gesessen und versucht Schulaufgaben zu machen, aber die ganze Zeit gelauscht, wann denn oben die Wohnungstür geht, wann es bei uns klingelt, aber stattdessen hat drüben jemand ganz laut »Walking on sunshine« gesungen.

Und als es dann geklingelt hat, stand Emmchen vor der Tür. Nicht Vincent. Emmchen ist drei und wohnt nebenan mit Manja. Emmchen stand da, und Manja ein bisschen hinter ihr im Türrahmen. Emmchen hatte einen klitzekleinen Kuchen in der Hand und fragte: »Wos Luze?«

Also hab ich nach Luze gerufen, und als die kam, hat Emmchen ihr den Kuchen gegeben und nur »Da« gesagt, und dann hat sie sich sofort umgedreht und ist zurück zu Manja und hat sich hinter ihren Beinen versteckt.

»Danke!«, hat Luze gerufen und Emmchen hat gekichert.

»Hat Emmchen nämlich selbst gebacken«, hat Manja erklärt. Und da hab ich gedacht, stimmt, die kann ja auch nicht in die Kita.

»Musst du nicht arbeiten?«, hab ich Manja gefragt.

Die hat mit den Schultern gezuckt und gesagt »Geht ja nicht anders« und dann zu Emmchen gesagt, dass es kalt ist, und die Tür wieder zugemacht.

Drüben hat einer gelacht.

Ich hab mich gefragt, ob sich die Maler wohl auch Witze erzählen.

Und dann nach oben gelauscht. Kam aber nichts.

Aber wenigstens hat Luze den kleinen Kuchen in der Mitte durchgebrochen und mir die Hälfte neben mein Mäppchen gelegt.

Bis nach halb zehn hat das gedauert, da hab ich schon gar nicht mehr damit gerechnet, dass Vincent überhaupt noch kommt, da hab ich schon gedacht, dass ich mich vielleicht verhört habe oder so, aber jedenfalls hat es ewig später dann geklopft und ich hab noch gedacht: Wer klopft denn, wenn es eine Klingel gibt?

Draußen stand dann wirklich Vincent mit Rucksack über einer Schulter, in Jogginghosen und den Turnschuhen von gestern und Hoodie, und er hatte sogar die Kapuze über seine Antennenlockenhaare gezogen.

»Hi«, hat Vincent gesagt und halb an mir vorbeigeguckt.

Draußen im Treppenhaus ist Vincents Vater gerade nach

unten gegangen, von dem hab ich nur noch den Hinterkopf gesehen.

Also hab ich »Komm rein« gesagt. Erst haben wir blöd im Flur gestanden und dann hat Vincent »Oh« gesagt und die Schuhe ausgezogen und mit den Füßen zu den anderen Schuhen im Flur geschoben, und danach wollte ich ihn sofort heiraten und ihm ein Haus bauen.

Ich hab gesagt: »Warum summen Bienen?«

Und Vincent hat mich nur angeguckt und nichts gesagt, also hab ich schnell »Weil sie den Text nicht kennen« gesagt.

Nichts. Nicht mal mit der Wimper gezuckt hat er. Aber gut, der Witz war jetzt auch nicht so der Brüller.

»Wo soll ich hin?«, hat Vincent irgendwann gefragt.

»Öh«, hab ich gesagt, weil ich keine Ahnung hatte, und Mama konnte ich nicht fragen, die war schon wieder in einer Konferenz.

»Öh«, hab ich noch mal gesagt und dann gedacht verdammt noch mal, jetzt sag mal was Ordentliches, also »Wenn du magst kannst du zu uns kommen? Ins Kinderzimmer?«.

Da hab ich nach rechts gezeigt - tadaaa! - weil er quasi schon dringestanden hat. Und dann hab ich gedacht, dass ich vielleicht besser nicht Kinderzimmer gesagt hätte, weil er ja kein Kind ist und ich ja nur noch so halb oder weniger. Cool klingt Kinderzimmer auch so gar nicht.

Zu spät. Vincent hat da schon im Kinderzimmer gestanden und links meine Seite und rechts die von Luze gesehen und seine Augen sind hoch und runter gewandert. Ich hab panisch alles angeguckt und mich gefragt, wie sich das alles wohl mit Vincents Augen ansieht. Ob ich mich für was schämen muss.

Ob es zu ordentlich oder nicht ordentlich genug ist oder ob da ein Poster hängt, das er blöd findet, oder ob irgendwo noch ein Schlüppi rumliegt oder Stinkesocken oder so.

Luze hat vom Schreibtisch gewinkt, aber die musste gerade mit dem Tablet was machen und ihre Lehrerin anschauen, hatte also Kopfhörer drin. Vincent hat stumm auf den Sessel am Fenster gezeigt und mich angeguckt. Ich hab genickt, da hat er sich gesetzt, Laptop aufgeklappt, Kopfhörer auf und weg war er.

Das war schon vorher mein Lieblingssessel. Also gut, ich hab auch nur einen, aber in dem Moment hab ich gedacht, dass das irgendwas bedeutet, dass Vincent sich meinen Lieblingssessel ausgesucht hat. Dass das ein Zeichen ist.

Dann hat er noch mal kurz die Kopfhörer runtergenommen und mich nach dem WLAN-Passwort gefragt, weil sein WLAN von oben nicht gereicht hat. Und dann war er still.

Jetzt saß der allerschönste Junge von der ganzen Welt in meinem Lieblingssessel, aber ich hab ja auch Unterricht machen müssen. Vincent hat in meinem Rücken gesessen und ich in seinem, weil er sich zum Fenster gedreht und sich mit Laptop im Sessel halb eingerollt hat, dass es wie eine Höhle war, in die aber nur einer reinpasst.

Erst als Luze laut »PAUSE!« gerufen hat, hat er sich bewegt. Oder aufgerollt. Weil Luze ihn, glaub ich, erschreckt hat.

Und ich glaube, er wollte sich schon wieder umdrehen, aber da kennt er Luze schlecht. Die ist sehr schwer zu ignorieren. Wenn sie Pause ruft, dann hat auch Pause zu sein. Also sind wir in die Küche, auch Vincent, nachdem sie ihn am Ärmel aus dem Sessel gezerrt hat, und dann gab es Pausenbrote und Äpfel und was zu trinken.

»So doof, dass man hier nicht so spielen kann wie auf dem Schulhof«, hat Luze gesagt und Vincent angeguckt. Der hat ganz langsam sein Brot gekaut, als hätte er noch nie ein belegtes Brot gegessen und müsste erst mal gucken, ob das okay für ihn ist. Wie wir, wenn Mama oder Gregor ein neues Rezept ausprobieren. Wenn er nicht auf den Tisch geguckt hat, dann hat er aus dem Fenster gestarrt, aber da ist ja nichts zu sehen. Und Luze hat geredet, und das ging ungefähr so:

»Du, Clara, was glaubst du, welche Spiele kann man im Haus spielen, die man sonst auf dem Schulhof spielt? Verstecken ja, aber nicht Gummitwist und vielleicht können wir ja eine Rutsche bauen, Clara, dürfen wir gar nicht raus, auch nicht in den Hof? Und was passiert, wenn doch, frieren wir dann ein und sterben und wachen erst wieder auf, wenn es Frühling wird? Sind wir dann wie Fischstäbchen? Und, oje, ich hab doch morgen Sport, muss ich das dann im Kinderzimmer machen? Clara, müssen wir dann zu zweit Völkerball spielen, geht das?«

Wenn Luze so redet, kommt man manchmal gar nicht dazu zu antworten, weil sie so schnell denkt, dass die Gedanken einander überrennen und sich gegenseitig auf die Füße treten, weil jeder nach vorne will.

Ich kenn das ja.

Aber Vincent hat dagesessen und ein bisschen den Mund offen stehen gehabt und irgendwann hat Luze sich plötzlich mitten im Satz zu ihm gedreht und gesagt: »Vincent, hast du eine Schwester?«

»Nein«, hat er gesagt.

»Das ist aber traurig«, hat Luze gesagt und ist aufgestanden und hat Vincent einfach so den Kopf gestreichelt, dass mir fast das Herz stehen geblieben ist. Aber dann hat sie noch schnell gesagt: »Oh, Clara, erzähl den Witz mit dem Igel! Der ist lustig!«

Und mein Mund ist einfach aufgegangen und heraus kam: »Gehen zwei Zahnstocher wandern und steigen auf einen Berg. Kommt ein Igel vorbeigelaufen. Da sagt der eine Zahnstocher: ›Mensch, hier fährt ein Bus? Dann hätten wir ja gar nicht laufen müssen!‹«

Luze hat schon bei dem Igel angefangen zu lachen und dann Vincent auf den Unterarm gehauen und gesagt: »Der IGEL ist der Bus! Weil der doch Stacheln hat! Und da denken die Zahnstocher, dass das auch Zahnstocher sind! Lustig, oder?«

Und nein, Vincent hat wieder nicht gelacht, aber gefragt, wo das Klo ist, also ist Luze nicht aufgefallen, dass Vincent nie lacht.

Luze hat noch ein bisschen weiter gekichert, als Vincent auf dem Klo war, und die ganze Zeit in Richtung Küchentür gestarrt, bis er wiedergekommen ist, und dann gleich gerufen: »WAS IST BLAU UND LIEGT IM WALD? SCHLUMPFKACKE!« Und dann hat sie sich schnell die Hand auf den Mund gehauen, weil Kacke und Scheiße sagen in der Kita verboten waren, und so ganz kriegt das Luze noch nicht raus.

Vincent hat genickt und dann sein Handy aus der Hosentasche geholt und uns nicht mehr angeschaut.

»Ist die Pause schon vorbei?«, hat Luze mich gefragt.

Ich hab mit den Schultern gezuckt.

Und gedacht, dass der gar nicht da sein will. Also Vincent.

Und vielleicht will er mit uns überhaupt nichts zu tun haben. Dass er uns vielleicht blöd findet.

Aua.

Jedes Mal, wenn ich denke, dass mich jemand doof findet,

oder fiese Sachen über mich sagt, pikst mir das ins Herz. Eklig.

Und dann hab ich an Lisa gedacht und mich gefragt, ob die wohl jetzt mit anderen über mich redet. Lästert. Und Sachen weitererzählt, die ich ihr im Vertrauen gesagt habe. Sachen, die man eben nur der allerbesten Freundin erzählt.

Und dann bin ich ganz schnell ins Zimmer zu meinem Handy und hab mir alle Chats angeschaut, aber da war nichts von ihr, und dann hab ich wie blöde überall gescrollt und gar nicht gewusst, wie ich jetzt rausfinde, was Lisa über mich erzählt.

Da hab ich wohl ein lautes Geräusch gemacht. Ein Seufzen oder ein Brummen oder irgendwas dazwischen, jedenfalls hat Vincent gefragt, was ist.

Er hat schon wieder im Sessel gesessen, den Laptop auf dem Schoß, das Handy in der Hand, und halb eingerollt und trotzdem ist ihm nichts runtergefallen.

Hat dagesessen und mich angeguckt, dass ich kurz vergessen hab, was er gerade gesagt hat.

Und weil ich nur gestarrt und nicht geantwortet hab, hat er irgendwann »Hallo?« gesagt.

Da stand schon wieder Luze im Zimmer.

»Machen wir jetzt weiter Schule oder wollen wir was anderes spielen?«, hat sie gefragt.

Vincents Mund hat sich plötzlich in ein Grinsen verwandelt.

Und seine Augen waren auf einmal so grün, das war kaum auszuhalten.

Drüben hat Mama immer noch in einer Konferenz gesessen und laut geredet, das haben wir gehört.

»Clara?«, hat Luze gefragt.

Vincent hat mich mit dem komischen Grinsen angeschaut und gesagt: »Ja, Clara, wollen wir was anderes spielen?«

Luze ist schon ein bisschen auf der Stelle hin und her gehibbelt vor lauter Aufregung.

»Du musst doch noch rechnen«, hab ich zu ihr gesagt, »und ich hab gleich Englisch online, ich kann nicht spielen.«

Luzes Mundwinkel sind runtergerutscht und sie hat geseufzt und Vincent hat gesagt: »Ach was, komm, das ist doch ein Ausnahmezustand, das bekommt doch keiner mit, wenn wir was anderes machen!«

»NEIN!«, hab ich gerufen.

Vincent ist echt zusammengezuckt.

Ich hab ihn plötzlich nicht mehr heiraten wollen. Nicht weil er zusammengezuckt ist, sondern weil er so böse gegrinst hat. Ich kenn so was ja aus dem Fernsehen. Und natürlich hat Vincent dann genau die Sachen gesagt, die die Anstifter im Fernsehen auch immer sagen, dass ich langweilig bin und ein Spielverderber.

»Hör auf damit!«, hab ich gesagt. Oder gerufen.

Und er hat gelacht.

Das fand dann auch Luze nicht mehr gut. Die ist zu mir. Hat sich an mein Bein gelehnt. Und ich hab die Arme in die Seite gestemmt, weil das hilft.

Superheldenpose. Hilft echt. Beine breit aufstellen, Fäuste auf die Hüften, aufrecht stehen, kann dir KEINER was.

»Mann, seid ihr langweilig«, hat Vincent gesagt, sich wieder die Kopfhörer aufgezogen und die Kapuze und umgedreht hat er sich auch. Ich hab kurz Lust gehabt, den Sessel zu kicken, damit er runterfällt.

Dann hat Luze sich wieder ans Rechnen gesetzt und war ganz glücklich, weil sie Zahlen mag und das Pferd da auch mitmacht.

Ich hab mir das Tablet genommen und hatte Englisch.

Das war das erste Mal, dass wir so richtig Unterricht hatten. Am ersten Tag kältefrei haben alle nur Arbeitsblätter verschickt und teilweise auch am zweiten, aber in Englisch sollten wir an dem Tag online sein.

Erst mal hat das gedauert, bis das mit der Technik bei allen geklappt hat, vor allem bei unserem Lehrer. Der hat das mit dem Ton nicht hinbekommen und dann vergessen das Bild anzumachen, also hundertmal »Hört ihr mich jetzt?« und »Wieso kann ich mich denn jetzt nicht sehen?«.

Eigentlich war das saukomisch.

Aber dann hab ich Lisa in dem kleinen Lisa-Fenster gesehen.

Englisch lief ganz normal und wir haben alle in unsere Kameras gestarrt und sollten Sachen machen, aber ich hab die ganze Zeit nur Lisas Fenster anschauen müssen und gesehen, dass sie hinter ihren Namen eine kleine Sonne gemacht hat, und das hat mich so sauer gemacht. Ich weiß nicht, warum. War doch nur eine kleine Sonne. Aber in mir dann lauter Fragen: Wieso kann die eine Sonne hinter ihren Namen setzen, wenn Winter ist und wir Streit haben und mir so gar nicht sonnig ist, und vor allem, was soll das denn heißen? Schau, wie nett ich bin? Ich bin so warm und freundlich wie die Sonne? Und was bin ich dann?

Alles wegen einer kleinen Emoji-Sonne.

Und plötzlich hab ich mein Bild ausgemacht und mich auf stumm gestellt. Dann hab ich im Chat geschrieben, dass die Verbindung wackelt, und dann hab ich mich zu Vincent umgedreht und gesagt »Willst du etwa raus?«, und weil er mich nicht gleich gehört hat, hab ich dann wirklich gegen den Sessel getreten, so ein bisschen, aber genug, dass er es mitbekommen hat und die Kopfhörer wieder abgenommen hat und sich zu mir gedreht. Luze hat uns beide angeschaut.

»Was hast du denn für tolle Ideen, Vincent, na? Was willste denn jetzt spielen?«, hab ich ihn gefragt.

»Ist Rechnen jetzt vorbei?«, hat Luze gefragt.

»Ja«, hab ich gesagt. »Wir spielen jetzt was mit Vincent.«

Hätte Vincent dann wieder so dämlich gegrinst, dann hätte ich es mir bestimmt anders überlegt.

Aber er hat gestammelt.

»Öhm, ja, weiß nicht, also, warte«, hat er rumgestottert und musste erst mal umständlich seinen Laptop zumachen und sein Handy weglegen und sich aus den Kopfhörern wickeln und alles auf den Boden stellen, sich selbst auch. Und dann stand er da, die Hände in den Hoodietaschen, und hat mich blöde angeschaut.

»Mensch, Vincent, sei doch kein Spielverderber«, hab ich gesagt.

Vincent hat kurz die Luft angehalten und geschnauft, dann »Okay!« gesagt und ist in den Flur gegangen, um seine Schuhe anzuziehen. Also sind Luze und ich hinterher.

Schuhe an, Wohnungstür auf. Wir raus. Wohnungstür leise zugezogen.

Vincent ist das Treppenhaus runtergelaufen.

Ich hab kurz Angst gehabt, dass er wirklich rauswill, aber dann hab ich mich gefragt, warum wir keine Jacken angezogen haben und ob er das mit Absicht gemacht hat, ob er mit uns »Mal schauen, wer als Erstes einfriert« spielt oder so.

Vincent ist nicht zur Haustür raus, sondern nur kurz in den Hof und dann zu der grauen Tür hinter dem Aufzug. Die stand offen. Vincent hat den Zeigefinger an die Lippen gelegt, die Tür weiter geöffnet und reingelauscht. Dann ist er reingegangen, und wir hinterher, weil es echt kalt war. Wir sind die Treppe runter und haben wieder gelauscht. Irgendwo im Keller war der Hausmeister. Vincent hat wieder den Finger auf die Lippen gelegt und Luze scharf angeschaut, und die hat genickt. Dann hat er uns hinter sich hergewinkt und wir sind in einen kleinen Seitengang rein. Bei uns im Keller hat jede Wohnung einen kleinen Holzverschlag mit Vorhängeschloss dran.

Und dazwischen sind Gänge. Und in so einen hat uns Vincent reingezogen und nebenbei Ausschau nach dem Hausmeister gehalten.

Der Hausmeister hat versucht zu telefonieren, aber die Verbindung war wohl schlecht, weil er dann aus dem Keller rausgegangen ist und noch gesagt hat: »Ja, ist ja gut, ich geh ja schon raus.«

Wir haben uns hinter ein paar Kisten versteckt. Gesehen hat der uns nicht.

Kurze Zeit später ist die Tür zugefallen. Da hab ich erst gemerkt, dass ich die Luft angehalten hab.

»So. Und jetzt?«, hab ich gefragt.

»Jetzt gucken wir uns um, was wir hier finden!«, hat Vincent gesagt und die Arme ausgebreitet, als würden wir am Strand stehen und nicht im Keller.

»Klauen ist verboten und böse!«, hat Luze gesagt und Vincent ganz finster angeschaut.

»Wir klauen ja nichts. Wir gucken uns nur um. Hast du denn nie Ausgrabung gespielt? Schatzsuche? Expedition?«

Damit hat er voll ins Schwarze getroffen.

Weil Luze und Silas nämlich eine dicke fette Dinosaurier-Phase hatten. Die wussten über jeden Saurier Bescheid und haben den halben Kitagarten umgegraben, weil sie gedacht haben, dass sie da was finden.

»EXPEDITION!«, hat Luze also gerufen und ist los.

Die meisten Verschläge waren aber eh abgeschlossen. Da haben wir nur durch die Lücken zwischen den Latten geschaut, um zu gucken, was da so steht.

Was da so steht, war dann eben, was so in Kellern steht. Alte Möbel, Sachen vom Sommer, ein Plastikweihnachtsbaum, Skier, Fahrräder, Wandfarbe, Kisten und Mülltüten. Wenigstens war es warm.

Wir sind immer tiefer in den Keller rein. Irgendwann bin ich stehen geblieben und hab zu Vincent gesagt: »Weißt du, wo wir sind?«

Und als er mich fragend angeschaut hat, hab ich gesagt: »In welcher Richtung liegt die Straße?«

Vincent hat nachgedacht und sich ein bisschen hin und her gedreht und dann irgendwohin gezeigt, aber überzeugt sah das nicht aus.

Ich hab schon gedacht, dass da gleich so ein Ortsschild auftaucht, das uns sagt, dass wir jetzt in Paris oder so ankommen. Hab ich aber nicht laut gesagt.

Aber dann haben wir wirklich ein paar Verschläge gefunden, die kein Schloss dran hatten, oder das Schloss hat offen dran rumgebaumelt und wir sind rein.

»Ich glaub, die sind noch von Leuten, die schon längst ausgezogen sind«, hat Vincent zu mir gesagt. Da standen alte Bilder, so Ölschinken mit röhrenden Hirschen drauf. Und dann war da ein ganzer Küchenschrank, der voll war mit Kram, das war spannend.

Aber gerade als ich die erste Tür aufgemacht hab, sind zwei Dinge auf einmal passiert.

Erst hat es gerummst und Luze hat laut »AUA!« gerufen und dann ist das Licht ausgegangen.

Und aus geblieben.

Und ich hab mich gefragt, wieso denn jetzt plötzlich das Licht ausgeht und wieso der Hausmeister das eigentlich nicht ausgeschaltet hat, als er aus dem Keller raus ist. Und vielleicht ist er ja gerade zurück, weil ihm genau das eingefallen ist. Aber wieso habe ich die Tür gar nicht gehört? Und dann hab ich mich wieder gefragt, wie weit weg wir von der Kellertür und wie nahe wir an Paris sind, aber lustig war der Gedanke diesmal nicht.

»Luze?«, hab ich gerufen.

»Clara!«

»Luze, wo bist du, was ist passiert?«

»Wieso ist es so dunkel, ich hab Angst, Clara!«

»Wir finden bestimmt gleich den Lichtschalter und dann machen wir das Licht wieder an«, hab ich gesagt. Neben mir stand Vincent, das hab ich auch im Dunkeln gemerkt, und ich hab ihm zugeflüstert: »Weißt du, wo der Lichtschalter ist?«

Vincent hat leise mmhhmhh gemacht und wahrscheinlich den Kopf geschüttelt, was ich aber nicht sehen konnte.

»Luze, hast du dir wehgetan?«, hab ich gerufen.

»Ein bisschen, ist aber nicht schlimm!«

»Hast du dein Handy dabei?«, hat Vincent gefragt.

Aber mein Handy lag schön oben in der Wohnung. Und seines anscheinend auch.

»Okay«, hab ich gerufen, »ich komm jetzt zu dir.«

»Hier ist was umgefallen«, hat Luze gesagt.

Ich bin echt schlecht mit Dunkelheit. Und es war auch so dunkel, dass es einfach wirklich nur schwarz war. Weit und breit kein Lichtchen, kein Fenster, keine Ritze, kein nichts.

Vincent und ich haben uns langsam zum Ausgang von dem Verschlag, in dem wir gerade waren, vorgetastet.

»Ich such mal nach Licht«, hat Vincent gesagt.

»Luze, zu welchem Arzt geht Pinocchio?«, hab ich gefragt.

»Weiß ich nicht!«

Ganz langsam bin ich in Luzes Richtung gegangen. Hab die Füße kaum gehoben. »Zum Holz-Nasen-Ohren Arzt.«

Ich hab gehört, dass Luze versucht hat zu lachen.

»Ist das Pferd bei dir?«, hab ich gefragt.

»Ja?«

»Kann das Pferd im Dunkeln sehen?«

»JA!«, hat Luze gesagt. Und dann angefangen ganz schnell zu reden, mit mir und dem Pferd.

»Oh, Clara, das ist eine tolle Idee, weil das Pferd nämlich nach oben gehen kann, Mama holen, weil ich hier ein bisschen eingesperrt bin, glaub ich, und dann muss ich auch gar keine Angst mehr haben, Pferd, ja, du machst das? Du holst Mama, ja? Und bringst sie in den Keller, dass sie Licht macht und uns rausholt, ja, bitte?«

Ich bin immer der Stimme nach, hab mich an der Wand entlanggetastet und Luze hat weitergeredet. »Clara, das Pferd geht jetzt hoch und holt Mama. Wo bist du denn, kannst du mich sehen?«

Ich kann gar nichts sehen, hab ich gedacht, aber nicht gesagt, sondern nur: »Gleich, Luze.«

»Vincent, kommst du auch?«, hat Luze gerufen und wir haben beide in die Dunkelheit gelauscht, nach Vincent, der da schon ganz woanders war. Irgendwann hat er gerufen: »Ich such nach Licht!«

»Wir hätten uns Kieselsteine auf den Weg legen sollen«, hat Luze gesagt, »wie Hänsel und Gretel«.

Aber die hatten den Mond, hab ich gedacht. Den haben wir hier im Keller nicht.

Und dann war ich ganz nah bei Luze, das hab ich gehört, aber da war ein Haufen Kisten und Bretter und Sachen, die einfach im Weg lagen. Und ich konnte ja nicht sehen, was und wie viel. Ich hab versucht, eine Sache zur Seite zu räumen, aber da fing was anderes an zu rutschen und irgendwo schepperte und klirrte es und Luze machte ein Geräusch.

»Alles okay?«

»Ja, ich hab mich nur erschreckt.«

»Ich bin jetzt bei dir«, hab ich zu Luze gesagt. »Wir warten jetzt, bis Vincent das Licht findet, und dann hol ich dich da raus, ja?«

»Okay«, hat Luze gesagt. Nicht mal tapfer, sie hat einfach nur okay gesagt.

Ich glaub, ich hatte mehr Angst als sie.

»Vincent?«, hab ich gerufen, aber der hat mich nicht gehört.

»Keine Angst, Clara«, hat Luze geflüstert, »das Pferd hat Mama bestimmt schon Bescheid gesagt. Gleich wird alles gut.«

Und wir haben dagesessen und gewartet und ich hätte sehr gerne Luzes Hand gehalten, aber das ging nicht, weil sie hinter einem Haufen Kram war.

Ich hab angefangen mit ihr »Ich geh mit meiner Laterne« zu singen, weil ich auch gedacht hab, dass Vincent dann vielleicht besser weiß, wo wir sind.

Und dann war das Lied zu Ende und wir haben »Der Mond ist aufgegangen« gesungen und danach einfach irgendwas, was uns eingefallen ist, weiß nicht mehr, was alles.

Und dann ging das Licht an und ich hab Mama rufen gehört.

»LUZE! CLARA! VINCENT!«

Und natürlich war der Haufen bei Licht betrachtet gar nicht so schlimm und Luze war superschnell befreit, aber dann stand schon Mama da und Vincent hinter ihr und dann fing Mama an zu schimpfen.

Weil wir nicht Bescheid gesagt haben. Weil wir ja außerdem noch Schule gehabt hätten. Und Aufgaben. Und weil wir nicht um Erlaubnis gefragt haben. Und weil wir ohne Jacken und Handy, und auch, weil wir in fremden Sachen rumgekramt und bestimmt was kaputtgemacht haben und weil wer weiß was alles hätte passieren können und weil »Clara, du hast auch die Verantwortung für deine kleine Schwester! Wie konntest du nur!« und weil Vincent uns auf blöde Ideen gebracht hätte und weil sie sich Sorgen gemacht hat und weil alles, und als wir wieder oben in unserer Wohnung waren, hat Mama sich Luze genau angeschaut und ihr gesagt, sie soll sich was Sauberes anziehen, weil sie total eingestaubt war. Dann hat sie uns Tee gekocht und immer wieder gesagt: »ICH FASSE ES NICHT, WIE KONNTET IHR NUR!« Ich glaub, das Schlimmste für sie war, dass Luze mitgekommen war. Und das hab ich sogar verstanden.

Wenn ich eine blöde Idee habe, dann bin ich auch dafür verantwortlich, was mir passiert. Aber Luze hatte ja keine blöde Idee. Die glaubt ja nicht mal, dass ich blöde Ideen haben kann. Und deswegen.

Und dann hab ich gedacht, was alles hätte passieren können. Wenn Luze der ganze Kram, der da unten umgefallen ist, auf den Kopf gefallen wäre. Und sie verschüttet hätte. Und wir hätten da im Dunkeln gesessen und nichts tun können. Als mir das eingefallen ist, hab ich nachträglich ganz viel Angst bekommen und plötzlich angefangen zu weinen. Und als Luze mich gesehen hat, wie ich weine, hat sie auch angefangen zu weinen. Und mich in den Arm genommen und ich sie. Nur Vincent hat komisch dabeigestanden.

Da hat Mama kurz eine Schimpfpause eingelegt und gesagt »Ist ja zum Glück nichts passiert« und uns Tee eingegossen.

Irgendwann kam Gregor und Mama hat ihm erzählt, was passiert ist. Und dann kam Vincents Vater und wollte Vincent abholen, aber stattdessen wurde er in die Küche gezerrt und hatte sich auch zu verantworten (O-Ton Mama), und zwar für seinen Sohn, weil der ihre Töchter auf blöde Ideen und in Gefahr gebracht hat.

Dann hat Vincents Vater auch noch angefangen zu schimpfen

und gesagt, dass er Vincent ja eh zu den Großeltern bringen wollte.

»Du kannst gleich deine Sachen packen!«, hat Vincents Vater gesagt und Vincent hat gleichzeitig mit den Schultern gezuckt und »mirdochegal« und dann aber »Mann, nein, ich will da nicht hin« gesagt und sich dann zum Fenster gedreht.

»Das war doch auch meine Idee«, hab ich gesagt.

»Mama, wir gehen nie wieder in den Keller, okay?«, hat Luze gesagt und ist zu Mama und hat ihr über den Kopf gestreichelt.

Und dann hat es wieder geklingelt und Gregor hat die Tür aufgemacht. Emmchen kam reinmarschiert, ging zu Luze, drückte ihr was in die Hand, »Da«, und guckte Luze groß an. Dann kam noch Manja hinterher und dann war die Küche voll.

Gregor hat noch eine Kanne Tee aufgesetzt und Manja auch erzählt, was passiert ist.

Vincent hat noch immer aus dem Fenster gestarrt und Vincents Vater hat sich den Kopf gekratzt.

Mama hat Gregor gefragt, ob er denn morgen endlich mal von zu Hause aus arbeitet, weil sie nämlich nicht noch einen Tag hierbleiben könnte, und plötzlich hat Manja gesagt: »Dann pass ich morgen auf die Kinder auf.«

Kurz hab ich gedacht, dass Vincent jetzt sagt, dass er kein Kind mehr ist. Aber der hat bloß geschwiegen.

»Wie jetzt?«, hat Mama gesagt.

»Ich muss doch eh daheim sein. Wegen Emmchen. Ob die drei bei euch sind oder bei uns, ist doch eigentlich egal.«

»Bist du dir sicher? Vier Kinder?«

Manja hat mit den Schultern gezuckt. »Einen Tag geht das schon, oder?« Und dann hat sie uns angeschaut. »ODER?!«

Und wir haben genickt.

Gregor hat den Tee aufgegossen.

»Das war ein Schreck, was?«, hat Manja zu Mama gesagt.

Die hat genickt. »Ich bin ja nur rüber ins Kinderzimmer, weil es plötzlich so gepoltert hat und ich mitten in einer Besprechung war und mein eigenes Wort nicht mehr gehört hab. Und dann komm ich rein und keiner ist da.«

»Schräg«, sagte Gregor.

»Das waren bestimmt die Maler«, meinte Vincents Vater.

Und Luze hat gegrinst und leise zu mir gesagt: »Siehste, das Pferd hat Mama geholt.«

Abends, als alle wieder in ihren eigenen Wohnungen und vielleicht auch in ihren Betten waren, hab ich in meinem gelegen und nachgedacht und gar nicht mehr gewusst, ob ich Vincent noch für den schönsten Jungen der Welt halte, ob alles heller wird, wenn ich ihn sehe, weil es so dunkel im Keller gewesen war und weil es jetzt wieder dunkel war.

»Luze?«, hab ich geflüstert.

»Mmmh«, hat die gebrummt, weil sie schon fast schlief. Und es war gut zu hören, dass sie da war und dass sie ganz normal einschlafen konnte.

Aber ich hab noch wach dagelegen. Weil ich ein schlechtes Gewissen hatte und mich so hohl und kaputt und weh gefühlt hab. Wegen Luze und weil ihr fast was passiert wäre. Und wegen Vincent, wegen dem ich das alles gemacht hab, und dann hab ich mich geschämt. Weil Mama doch sonst immer sagt, dass ich klug bin. Das Herz auf dem rechten Fleck und den Kopf fest auf den Schultern. Und dann kommt so ein Vincent und ich, ich. Und dann hab ich gedacht, dass ich es nicht auf Vincent schieben kann. Oder auf Lisa und ein kleines Bild von einer Sonne.

Und ich hab einfach dagelegen und weiter zugehört, wie Luze atmet, wenn sie schläft und träumt.

»Ihr benehmt euch«, hat Mama morgens immer wieder gesagt und mir und Luze tief in die Augen geschaut.

Und Gregor hat gesagt, dass wir auf unsere Mutter hören sollen.

Wir haben Ja gesagt, aber so ganz haben sie uns nicht geglaubt.

Aber sie mussten ja zur Arbeit.

Und diesmal standen wir also mit gepackten Sachen vor Manjas Tür und haben geklingelt.

Aus der anderen Wohnung kam gerade ein Maler und hat nur »Morgen« gesagt und fast hätte ich gefragt »Was ist morgen?«.

Als Manja die Tür aufgemacht hat, stand Emmchen hinter ihr und guckte an ihren Beinen vorbei.

Und aus der anderen Wohnung kam noch ein Maler und

schleppte Kram raus. Dann noch einer, mit vollen Mülltüten. Raschelte vorbei. Wir haben dagestanden und zugeschaut, wie einer nach dem nächsten rausgekommen ist und Leitern und Farbeimer und alles Mögliche runtertrug. Der Letzte schloss die Tür ab, tippte sich an die Kappe und ging die Treppe runter.

Von oben kam Vincent. Als er auf halber Treppe stand und uns sah, ist er kurz stehen geblieben und hat uns nur angestarrt.

»Kommst du?«, hat Manja da gefragt.

»Mkay«, hat Vincent genuschelt und ist die Treppe ganz runter. Dann haben wir in Manjas kleinem Flur gestanden und ich hab Vincent nicht angeschaut und auch nicht gesagt »Gehen zwei Erbsen spazieren, sagt die eine zu der anderen ›Achtung, da kommt eine Treppeppeppeppe‹«, obwohl mir der eben gerade eingefallen war.

Manjas Wohnung ist ein bisschen kleiner als unsere, hat aber genauso viele Zimmer.

»Also«, hat Manja gesagt, »ihr habt alle Aufgaben, ja?«

Wir haben genickt und Luze wollte gerade anfangen zu erzählen, was sie alles für die Schule machen sollte, da hat Manja nur einen Blick getan und Luze war still.

»Ihr müsst euch also alle konzentrieren. Vincent, du gehst in mein Zimmer, Clara in die Küche und Luze, du kommst mit in Emmchens Zimmer und wir helfen dir, ja?«

»Wir helfen!«, hat da Emmchen gerufen und die Hände in die Höhe gerissen, als hätte sie ein Tor geschossen.

Luze hat gekichert und »Du kannst doch noch gar nicht lesen« zu Emmchen gesagt und ich zu ihr »Du doch auch nicht«.

Da hat Luze mir die Zunge rausgestreckt und ich ihr und dann hat Manja nur »EY!« gesagt und Schluss war.

Vincent hat entweder Manja angestarrt oder auf den Boden geguckt. Glaub ich. Denn ich hab ihn ja nicht angeschaut.

Und dann bin ich in die Küche und hab mich an den Küchentisch gesetzt und die Kleinen sind in Emmchens Zimmer und Vincent in Manjas Schlafzimmer, da steht ein kleiner Schreibtisch.

Auf dem Küchentisch lag ein Zettel mit dem WLAN-Passwort und Manja hatte mir auch einen Apfel und ein Glas Wasser hingestellt.

Und dann sind alle Türen zugemacht worden und ich hab eine Weile Schule gespielt, so ganz für mich allein.

Und dann hab ich mal kurz auf mein Handy geschaut.

Lisa hat nichts geschrieben. Die ganze Zeit nicht. Also mir eh nicht, aber auch im Klassen-Chat nichts. Kein Emoji, kein GIF, kein Bildchen, Video, nichts. Null.

Und dann ist bei mir wieder die Kopfmaschine angesprungen, weil ich doch gesehen hab, dass sie online ist, warum schweigt sie denn, hab ich gedacht, vielleicht will sie mir damit was sagen oder eben nicht, oder mir sagen, dass sie mir nichts sagen will, und dann wieder gedacht, dass sie ja vielleicht doch chattet, nur eben nicht mit mir, sondern mit anderen. Und dann gedacht, wie gemein ich das finde, und außerdem könnte sie sich eh langsam mal entschuldigen. Und dann hätte ich gerne was kaputt gemacht, aber in dem Moment kam Manja rein und hat gesehen, wie ich dagesessen hab.

»Was ist los?«

»NICHTS!«

»Ah.«

Ich hab ihr nur das Handy hingehalten, weil mir die Kopfmaschine ja selbst auf den Keks gegangen ist und ich keine Lust mehr hatte auf so dämliche Gedanken. »Ich mach jetzt Erdkunde!«, hab ich sehr laut gesagt und Manja hat gegrinst und genauso laut »OKAY!« gesagt und mir dann noch schnell einen Keks neben das Tablet gelegt. Das war nett.

Und dann hab ich einfach stur meine Schulsachen gemacht und versucht, nicht mehr an Lisa zu denken, bis Manja wiederkam und hinter ihr Luze, die hat laut »PAUSE!« gerufen. Und dann Vincent, und Emmchen war eh schon da und wuselte rum.

Vincent hat sich an der Tür rumgedrückt und ich bin aufs Klo, weil ich nicht im selben Raum wie Vincent sein wollte. Als ich rauskam, sagte Manja, dass Emmchen uns was vorführen will.

Also sind wir in Emmchens Zimmer und die ist ein bisschen hin und her gehüpft und hat ein bisschen getanzt und dann so getan, als würde sie zaubern. Und Luze kam zu mir und meinte ganz leise: »Das soll Zirkus sein.«

In dem Moment rief Emmchen wirklich laut »ZIRKUS!« und hat sich verbeugt und wir haben geklatscht.

»Ich hab jetzt Physik online«, hat Vincent da gegrummelt und war also schon wieder weg.

Tschüs Vincent, hab ich gedacht und dann noch mal, irgendwie traurig, Tschüs. Und dann hat Emmchen gesagt: »Du bist!«

»Du sollst zeigen, was du kannst«, hat Luze mir erklärt.

»Ich kann aber gar nichts«, hab ich gesagt, weil ich auch einfach keine Lust hatte.

»Das stimmt doch gar nicht!«, hat da Luze ganz laut gesagt, »du kannst total viel!«

Ich hab sie verwundert angeschaut und mich gefragt, was sie wohl meint.

»Was denn alles?«, hat Manja gefragt, aber sie hat nicht mich, sondern Luze gefragt.

»Also, Clara kann kochen und Rad schlagen und Englisch und sie liest total viel und schnell und dann kann sie auch noch«, da hat sie noch ein bisschen überlegt, »PFEIFEN! Und Clara kennt soooo viele Witze!«

Ich bin ein bisschen rot geworden und hab mich umgeguckt, ob Vincent das gehört hat, aber der war in Manjas Zimmer und die Tür war auch zu. »Ich muss aber jetzt wieder in die Küche, in die Schule!«

»Haha, die Küche ist die Schule!«, hat Luze gelacht.

»Clara, wo wohnen Katzen?«, hat Manja plötzlich gefragt.

»Im Miezhaus«, hab ich geantwortet, bin aufgestanden und Luze und Emmchen haben sich auf dem Boden rumgerollt und gelacht und »Miezhaus!« gerufen und miaut.

Ich hab alles für die Schule fertig gemacht. Ich hab das Tablet angestarrt, dann hab ich meine Sachen zusammengepackt und bin ins Kinderzimmer. Manjas Zimmertür war zu. Und dahinter war Vincent, aber egal.

Im Kinderzimmer haben Luze und Manja und Emmchen zusammen Lesen geübt. Manja hat hochgeschaut und Luze hat »Clara!« gerufen, als hätte sie mich seit Ewigkeiten nicht mehr gesehen.

»Ich bin durch mit allem«, hab ich gesagt.

Manja hat die Augenbrauen hochgezogen. »Jetzt schon?«

Ich hab mit den Schultern gezuckt und Ja gesagt.

Und dann hab ich mich neben Luze auf den Teppich gesetzt. Die hat gerade versucht Wörter zu erkennen.

Manja ist so geduldig. So viel geduldiger als Mama oder Gregor und tausendmal geduldiger als ich. Und trotzdem hat Luze irgendwann das Buch in die Ecke geworfen und auf den Boden gestampft und gebrüllt, dass sie das nicht kann und wie blöd Lesen ist und dass sie dann wohl dumm ist. »Ich bin so dumm, ich kann nicht lesen.«

Immer wieder hat sie das gesagt und dabei die Fäuste geballt.

Als Manja sie in den Arm genommen hat, hat sie sie weggeschubst, aber Manja musste dann auch Emmchen in den Arm nehmen, weil Luze ihr Angst gemacht hat.

Also bin ich ganz nah zu Luze und jedes Mal, wenn sie gesagt hat, wie dumm sie ist, hab ich gesagt: »Nein, bist du nicht.« Mich hat sie nicht weggeschubst.

Irgendwann hat Luze geweint. Und gefragt, warum ich denn lesen kann und sie nicht, und dass wir doch Schwestern sind, dann müsste sie doch auch so toll lesen können wie ich. Und dann hat sie sich an meinen Hals gehängt und noch mehr geweint.

»Ich kann auch nicht gut lesen«, hat da Vincent gesagt.

Luze hat die Nase hochgezogen und dann zu Vincent geschaut, der da in der Tür stand und so ausgesehen hat, als wollte er gleich wieder gehen, aber dann ist er doch ins Zimmer gekommen.

»Echt nicht«, hat er gesagt.

»Aber du bist doch schon groß!«

»Ja«, hat Vincent gesagt und mit den Schultern gezuckt. Und dann hat er gesagt: »Und ich bin nicht dumm.«

»Nein«, hat Luze gesagt.

Und ich hab gefragt, ob das Pferd denn lesen kann.

»Geht so«, hat Luze gesagt, »das kann auch besser rechnen als lesen. Aber es kann mehr Buchstaben als ich.«

Dann musste Luze aufs Klo und Vincent hat gefragt, ob er was aus seiner Wohnung holen kann und dann hab ich gefragt, ob ich mir aus unserer Wohnung was zu lesen holen kann, und Manja hat Ja gesagt.

Und dann bin ich raus und direkt zu unserer Wohnungstür. Ich hab die Wohnungstür aufgeschlossen und mich umgedreht und Vincent stand da und hat mich angeguckt, aber dann kam Hotte gerade die Treppe hoch und hat groß trarat und »CLARA!« und »VINCENT!« gesagt und gleich wieder Sprüche geklopppt, weil Hotte ein Sprücheklopper ist.

Da ist Vincent schnell abgehauen. Als Hotte fertig war, hab ich mir ein Buch geholt und wollte gerade wieder zurück, da ist mir was eingefallen und ich hab noch drei von Luzes Büchern mitgebracht.

Und hab sie Luze gegeben. »Schau, die kannst du alle vorlesen.«

Weil das die Bücher waren, die Luze auswendig konnte.

Das ist nämlich Luzes Zirkuskunststück, die kann so viel auswendig. Lieder merkt die sich viel besser als ich, auch englische, dabei kann sie gar kein Englisch. Und Radiowerbung eh, aber auch Kindergedichte oder eben ganze Vorlesebücher.

Und so richtig auswendig. Wort für Wort.

»Aber das ist doch schummeln«, hat Luze dann gesagt.

»Na und?«, hab ich geantwortet.

»Das gildet doch nicht«, hat sie genuschelt, aber schon das erste Buch aufgeschlagen, und Emmchen ist gleich zu ihr und hat sich hingesetzt und gesagt: »Vorlesen!«

Und das konnte Luze ja.

Emmchen hat ihr richtig an den Lippen geklebt.

Und als sie durch waren, also nachdem Luze alle Bücher dreimal vorgelesen hat und Emmchen was anderes machen wollte, hat Luze da immer noch gesessen und ist die Seiten durchgegangen, Wort für Wort, und hat nur die Lippen bewegt, ganz leise.

Irgendwann gab es Mittagessen. Wir haben uns zu fünft in der kleinen Küche zusammengequetscht, so gut das ging. Manja hat Emmchen auf den Schoß genommen und es gab Nudeln, weil »Nudeln mögen alle, oder?«, hat Manja gesagt. Und dann hat Manja zu Vincent gesagt, wenn er noch Schulaufgaben machen müsste, sollte er das jetzt in der Küche machen, weil Emmchen Mittagsschlaf machen muss. »NEIN!«, hat Emmchen gerufen. »DOCH!«, hat Manja gesagt und sie ins Schlafzimmer getragen, während Emmchen weiter geschimpft hat, aber nicht lange, dann war sie still und Manja wieder da.

»Müde«, hat sie gesagt und kurz vor sich hin gestarrt, als wären wir gar nicht da. Und dann hat sie sich kurz geschüttelt, ist aufgestanden und hat angefangen, sich einen Kaffee zu machen.

Während der Kaffee in so einer kleinen silbernen Kaffeekanne auf dem Herd gebrodelt hat, hat Manjas Handy geklingelt. Und sie ist rangegangen und hat die ganze Zeit nur die Kaffeekanne angestarrt und geantwortet.

»Ja, ich bleib noch zu Hause. ... Nein, ich bin nicht krank, ich hab auch Urlaub genommen ... Wenn Sie mir sagen, was ich in der Zwischenzeit mit meinem Kind machen soll ... Nein, das lässt meine familiäre Situation nicht zu ... das führt jetzt auch zu weit ... das kann ich Ihnen genauso wenig sagen, wie ich das Wetter vorhersagen kann ... ich kann ja nicht die einzige

Person sein, die von den Umständen betroffen ist … ja … guten Tag.«

Und dann hat sie geseufzt und der Kaffee war fertig mit Brodeln. Manja hat die Schultern hochgezogen und dann wieder fallen lassen.

Wir haben die ganze Zeit am Küchentisch gesessen und in unseren Nachtischschälchen rumgeschabt, die längst leer waren (Himbeerquark gab's).

»Erwachsensein ist nicht so lustig, wie man denkt«, hat Manja gesagt.

Vincent hat geschnauft. Und ich hab gedacht, dass ich echt nie davon ausgegangen bin, dass Erwachsensein lustig ist.

Manja hat Vincent gesagt, er soll den Tisch abräumen, und mir, dass ich mit Luze in Emmchens Zimmer gehen soll. Und dann hab ich gelesen und Luze hat gemalt und gesummt und mit dem Pferd geredet und sich Wörter vorgesagt.

Irgendwann ist mir aufgefallen, dass Manja bei Vincent in der Küche geblieben ist. Und fast hätte ich Luze gefragt, ob sie das Pferd rüberschicken kann. Zum Spionieren.

Ich hab ein ganzes Buch fertig gelesen, dann hab ich Mama und Gregor geschrieben, wann sie denn heimkommen, dann hat Gregor geantwortet, dass er in einer Stunde zu Hause ist.

Luze und Emmchen haben mit Knete gespielt und dann hat Luze mich angeschaut und gefragt: »Clara, wann machen wir denn den Film?«

Ich hab mit den Schultern gezuckt.

»Gregor kommt in einer Stunde. Und dann ist schon fast Abendbrot.«

»Morgen?«

»Ich weiß nicht, was wir morgen machen.«

»MANJA?«, hat Luze gerufen. »SIND WIR MORGEN AUCH HIER?«

Manja kam aus der Küche und hat sich die Hände abgetrocknet.

»Morgen? Weiß ich nicht. Was ist denn morgen überhaupt für ein Tag?« Da hat sie mich angeschaut und ich hab gesagt, dass morgen Donnerstag ist.

»Bin schon ganz raus aus allem.«

»Was machen wir denn jetzt morgen? Oder bleiben Mama oder Papa wieder daheim?«

Hinter Manja hab ich Vincent stehen sehen, der hat einen Teller abgetrocknet und so getan, als würde er nicht zuhören, aber dafür hat er ganz schön weit vom Spülbecken entfernt gestanden.

»Ist es morgen auch noch so kalt?«, hat Luze gefragt.

»Ja«, hat da Vincent gesagt. Und den Teller angeschaut, der bestimmt schon trocken war, aber er hat trotzdem dran rumgerieben.

»Wie lang geht der Winter noch?«, hat Luze gefragt.

»Bis März«, hab ich gesagt. »Mindestens.«

»Was ist jetzt?«

»Januar. Dann kommt Februar. Und dann März.«

»Oh«. Luze hat Emmchen dabei zugeschaut, wie die eine Knetwurst nach der nächsten gerollt hat.

»Das heißt aber nicht, dass es bis März so kalt ist«, hat Manja gesagt. »Vielleicht ist es am Wochenende schon wieder normal kalt.«

Manja hat sich umgedreht und Vincent mit seinem Teller gesehen und ihn dann wieder in die Küche geschoben.

Manchmal nervt mich das, dass ich immer bei den kleinen Kindern sitzen muss. Vincent hat in der Küche mit Manja gestanden und sich unterhalten, und ich musste auf die Kleinen aufpassen. Und weil die eh nur geknetet haben, bin ich auch in die Küche gegangen. Manja hat gerade gelacht und Vincent hat tatsächlich gelächelt, und zwar laut!

Sie hatten das Radio an und waren wohl fertig mit dem Abwasch, weil Manja am Waschbecken stand und Vincent am Tisch, mit seinem Handy in der Hand.

Und dann haben sie mich gesehen, wie ich dagestanden habe und es nicht glauben konnte, dass Vincent bei Manja fast lacht, und sie hat ihm garantiert keinen Witz erzählt. Dabei hatte ich mich schon seit Wochen abgemüht, um auch nur eine klitzekleine Reaktion von Vincent zu kriegen, aber kaum ist der einen halben Tag bei Manja, lächelt er laut!

Am liebsten hätte ich Vincent gefragt, warum er denn Manja witzig findet und mich so gar nicht, und fast hätte ich Schluckauf vor Wut bekommen.

Vincent hat sich das Lächeln selbst mit einer Hand aus dem Gesicht gewischt und dann auf sein Handy gestarrt und Manja hat mich fragend angeschaut.

Da hab ich keine Lust mehr auf die beiden gehabt oder auf Babysitten und hab gesagt: »Ich geh jetzt rüber. Gregor kommt gleich und ich hab mein Buch durch.«

»Okay«, hat Manja gesagt und dann stand Luze neben mir und fragte, ob sie noch ein bisschen bleiben kann und mit Emmchen spielen, bis zum Abendbrot. Und ich hab nur »Von mir aus« gemurmelt und meine Sachen geschnappt und bin rüber. Nur noch kurz Tschüs gesagt, aber in Manjas Richtung und bestimmt nicht zu Vincent.

Drüben war alles dunkel.

Ich hab das Licht nicht angemacht, ich bin im Dunkeln in unser Zimmer und draußen war auch schon Nacht, dabei war es Nachmittag, und die Laternen haben geschienen und die Autos sind vorsichtig die Straßen entlanggekrochen. Ich hab am Fenster gestanden und selbst das war schon kalt, obwohl direkt davor die Heizung bollerte.

Und alles war doof. Und alles war einsam und allein.

Und dunkel. Und Winter. Und ich hab dagestanden, bis Gregor kam, und sogar noch ein bisschen länger.

Zum Abendbrot war auch Mama wieder da. Die hat gefragt, wie alles war, und hat aber gleich dazu gesagt, dass sie noch mal bei Manja nachfragen wird, ob wir uns benommen haben.

Ich hab vor meiner Stulle gesessen und ein Gürkchen in kleine Scheiben geschnitten und es gleichmäßig auf dem Brot verteilt und es dann weiter angestarrt. Oben war Licht. Oben waren Schritte. Oben konnte jemand anscheinend doch ganz gut lächeln, nur eben nicht bei mir.

»Morgen bleib ich dann daheim«, hat Gregor posaunt und Mama angestarrt. Für die war das Posaunen nämlich.

Mama hat aber nicht laut gejubelt, sondern nur »Gut« gesagt und die Post durchgeschaut.

Gregor hat dann noch versucht zu erzählen, wie er seinen Chef dazu gebracht hat, dass der ihn einen Tag von zu Hause arbeiten lässt, da guckte Mama plötzlich hoch und sagte: »Moment mal, EINEN Tag?«

»Ja«, hat Gregor gesagt.

»Und was ist mit Freitag? Da hab ich meine Präsentation! Das weißt du seit drei Wochen!«

»Bis dahin kann es ja wieder wärmer werden«, hat Gregor gesagt und selbst nicht dran geglaubt.

Eine Sekunde lang hab ich gedacht, dass Mama explodiert. Mama hat sich nur die Stirn gerieben, und dann ist sie aufgestanden und aus der Wohnung raus.

Wir haben ihr hinterhergeschaut und sind am Tisch sitzen geblieben.

»Papa, wo ist Mama hin?«, hat Luze gefragt.

»Was weiß denn ich! Komm, iss dein Brot«, hat Gregor gesagt.

Mama ist nur ein Stockwerk höher gegangen.

Ein paar Minuten später saß sie wieder an ihrem Platz und sagte: »Gut, Vincent kommt morgen wieder her, dafür geht ihr dann am Freitag hoch zu Leanders, ja?« Dann hat sie mich und Luze angeschaut. Wir haben nur genickt.

Mein Magen ist wieder ein kleiner Flummi gewesen und hochgehüpft, aber nicht sehr hoch.

»Und dann ist ja eh Wochenende. Danach wird es bestimmt wieder besser«, hat Mama gemurmelt und einen Briefumschlag aufgerissen, den Brief gelesen und nebenbei in ihr Brot gebissen.

8

Am nächsten Morgen bin ich früher als sonst wach geworden. Draußen auf der Straße waren kaum Autos. Und das Haus war so still. Ganz schläfrig.

Ich hab mich umgedreht und in mich reingehorcht, warum ich wach bin. Ob ich auf Klo muss oder so. Und dann hab ich gehört, dass noch jemand wach ist und in der Küche.

Ganz leise bin ich aufgestanden und in den Flur.

In der Küche hat nur die kleine Lampe auf dem Fensterbrett geleuchtet. Das ist eigentlich eine alte Nachttischlampe, aber die macht so schönes gelbes Licht.

Und am Tisch saß Mama und hatte ihren Laptop auf und schon eine halb leere Tasse Kaffee danebenstehen. Mama hat hochgeschaut und erst die Augenbrauen gehoben, aber dann hat sie mich zu sich gewinkt, hat ihren Stuhl zurückgeschoben und mich auf ihren Schoß genommen.

»Meine Große«, hat Mama gesagt und mich gedrückt.

Mama war schon geduscht und warm und frisch. Ich hab mich an sie gekuschelt, weil mir in meinem Nachtshirt doch ein bisschen kalt war.

»Wie spät ist es?«, hab ich gefragt.

»Viel zu früh, Clärchen. Du kannst noch ganz lange schlafen.«

Aber das war ganz schön, da mit Mama zu sitzen und sie mal für mich alleine zu haben. Ohne Gregor, ohne Luze, ohne irgendwen. Nur Mama und ich, wie damals, als ich klein war.

Mama hat mich im Arm gehalten und ein bisschen auf dem Laptop gelesen und Kaffee getrunken, und ich hab an ihrer Schulter gelehnt und noch ein bisschen gedöst.

Irgendwann hat sie gesagt, dass sie jetzt losmuss.

»Jetzt schon?«, hab ich gefragt, weil es immer noch sehr, sehr früh war.

Mama hat genickt.

»Morgen. Wenn morgen durch ist, dann hab ich mehr Luft.«

Dann hat sie mir einen Kuss gegeben und gesagt, ich soll wieder ins Bett gehen.

Mein Bett war schon wieder kühl. Ich hab die Wohnungstür gehört und dann Mamas Schritte auf der Treppe und dann die Haustür.

Ich hab mir vorgestellt, wie Mama ganz alleine durch die Kälte und die Dunkelheit zur Bahn geht, in der wahrscheinlich auch noch kaum jemand sitzen würde, und vielleicht müsste sie noch ein paar Minuten auf die Bahn warten, auf dem kalten, kalten Bahnsteig mit der großen weißen Uhr obendrüber.

Aber irgendwann bin ich doch wieder eingeschlafen.

Bis Luze wach wurde, weil Gregor wach war, weil das Pferd wach war, weil drüben gehämmert wurde.

Ich bin aufgestanden und hab mich gewaschen und mir Leggins und einen Pulli drüber angezogen, dicke Socken, die Haare oben auf dem Kopf zusammengemengt und mit einem Gummi festgemacht. Und dann hab ich gefrühstückt und dabei versucht ein neues Buch anzufangen, aber Luze hat geredet, Gregor hat geantwortet, das Radio hat Musik gespielt und dann kamen Nachrichten und dann die Wettervorhersage, da waren wir alle ruhig (weil Gregor vorher auch »Scht!« gemacht hat).

Als es hieß, dass die Temperaturen bis auf Weiteres nicht hochgehen, dass es am Wochenende vielleicht sogar einen Schneesturm gibt, da ist Gregor ein »Scheiße, verdammte« rausgerutscht und Luze hat gekichert.

Gregor hat auf die Küchenuhr über der Tür geguckt, dabei hatten die in den Nachrichten gerade in dem Moment ja gesagt, wie spät es ist, aber das hatte er wohl vergessen. Es war nach halb acht. Dann hat er angefangen um uns herum das Frühstück abzuräumen, dabei waren Luze und ich noch gar nicht fertig. Dann hat er unsere Betten gemacht und die Fenster aufgerissen. Bis er gemerkt hat, wie kalt es ist, also hat er die Fenster sehr bald wieder zugemacht und was von »Stoßlüften« geredet.

Dann hat er uns gescheucht und gesagt, dass er gleich einen Telefontermin hat und dass wir deshalb an die Arbeit gehen sollen, dabei war es noch nicht mal acht.

»Vincent ist noch gar nicht da!«, hat Luze gesagt.

Da hat es aber schon an der Tür geklopft und Vincent und Vincents Vater standen davor, der Vater hat Vincent kurz durch die Haare gestrubbelt und ihn in die Wohnung geschubst. »Ich mach heute früher Schluss«, hat er noch gesagt und Vincent hat geschnaubt.

»Und morgen bleib ich ja daheim!«, hat Vincents Vater gesagt (vielleicht, weil er das Schnauben gehört hat), aber da war er schon halb die Treppe runter.

Von oben kam gerade Rosa und grinste: »Was macht ihr denn Schönes?«

»Nichts. Schule«, hab ich gesagt.

»Oh. Mein Beileid.«

Ich hab die Schultern gezuckt, Tschüs gesagt und dann die Tür zugemacht.

Dann bin ich Zähne putzen gegangen.

Als ich aus dem Bad kam, war Vincent in der Küche und hat angefangen den restlichen Kram vom Küchentisch in die Spüle zu räumen.

Er hat hochgeschaut, aber ich hab mich umgedreht, bin in mein Zimmer an meinen Schreibtisch, hab mein Handy rausgeholt und die Kopfhörer und hab angefangen mit Schule.

Ich hab die Kopfhörer auch nicht rausgenommen, als Luze reinkam.

Vincent kam nicht. Der Sessel hat da noch gestanden, da hätte er raufgedurft. Aber Vincent kam nicht. Irgendwann bin ich aufs Klo gegangen und hab ihn am Küchentisch gesehen, auch mit Kopfhörern auf, er hat auf seinen Laptop gestarrt und nichts gemacht.

Ich hab einfach meine Aufgaben gemacht und dann noch ein bisschen nebenbei in dem neuen Buch gelesen, weil ich nicht schon wieder in den Klassen-Chat gucken wollte oder auf mein Handy. Und dann hab ich noch ein bisschen andere Aufgaben gemacht und irgendwann hab ich mal rübergeguckt zu Luze, was die so macht.

Sie hat nicht mehr an ihrem Schreibtisch gesessen. Sie hat vor ihrem Bücherregal gekniet und Bücher rausgezogen. Da lag schon ein ganzer Stapel neben ihr und ein paar Bücher waren auch aufgeschlagen.

Da hab ich meine Kopfhörer rausgenommen.

Bevor ich fragen konnte, was sie da macht, hab ich gesehen, dass sie mit dem Finger eine Zeile in einem Buch langgefahren ist.

Und immer wieder hat sie ein Wort laut gelesen. Also eher gerufen.

HAUS! GEBURTSTAG! UND! TRAURIG!

So ungefähr.

Ich bin aufgestanden und hab mich neben sie gesetzt.

»Das Pferd sagt, ich soll die Wörter suchen, die ich kenne«, hat sie mir erklärt.

»Okay.«

»Schau, da, das kenn ich und das auch, das heißt König, das ist das O mit den beiden kleinen Punkten obendrauf«, und dann hat sie die Lippen gespitzt und »Öööö« gesagt.

»Öööö«, hab ich auch gemacht.

Dann hat sie noch ein bisschen aufs Blatt gestarrt und dann geseufzt und mich gefragt: »Clara, liest du auch so?«

Eigentlich wollte ich ganz schnell antworten, aber dann hab

ich nachgedacht und gesagt: »Ich glaub ja. Und wenn ich ein Wort nicht kenne, dann ziehe ich die Buchstaben zusammen.«

Da hat sie geseufzt und das Buch zugeklappt und mich angeschaut. »Ich muss einfach nur mehr Wörter lernen. Wie viele Wörter gibt es?«

»Weiß ich nicht.«

»Kannst du mal im Internet schauen?«

Also hab ich im Internet nachgeschaut. »So um die 500.000. Also im Deutschen. Nach den anderen Sprachen hab ich jetzt nicht geguckt.«

Ganz leise hat Luze fünfhunderttausend geflüstert. Und dann lauter »Das ist ganz schön viel«.

»Ja. Aber du musst nicht alle kennen. Ich kenn auch nicht alle. Mama auch nicht.«

»Aber ihr könnt ja schon lesen.«

»Das kannst du auch irgendwann.«

Luzes Unterlippe war schon ganz schön weit vorne.

»Pause?«, hab ich gefragt.

»Ja!«, hat sie gerufen und ist aufgesprungen und in die Küche gerannt, bevor ich was sagen konnte. Da hat sie Vincent die Kopfhörer runtergerissen und »PAUSE!« gebrüllt.

Der hat sich nicht beschwert, aber dafür ist die Schlafzimmertür aufgegangen und Gregor hat rausgebellt, dass er in einem Meeting ist und wir ruhig zu sein haben.

Luze hat gekichert. Das macht sie immer, wenn Gregor sich aufregt. Das findet sie saukomisch.

Draußen war auch Lärm, da hat es gehämmert und gebohrt und so. Ich hab die Tür aufgemacht, aber drüben war die Wohnungstür zu. Aber es hat sehr nach Holz gerochen.

Dann hab ich unsere Tür wieder zugemacht.

»Wir machen einen Film!«, hat Luze zu Vincent gesagt. »Magst du mitmachen?«

»Luze, du musst doch erst mal die Schulsachen machen.«

»Was denn für 'nen Film?«, hat Vincent gefragt.

»EINEN TIERFILM!«, hat Luze viel zu laut gerufen, dass ich schon zur Schlafzimmertür geschaut hab, ob Gregor gleich wieder rauskommt.

»Wir haben auch schon Tiere gebastelt und Dschungel. Willst du sehen?«

»Okay«, hat Vincent gesagt und hat sich von Luze in unser Zimmer ziehen lassen.

Ich hab noch ein bisschen in der Küche gestanden und überlegt, ob ich Tee koche, und als ich gerade zum Wasserkocher greifen wollte, hat Luze wieder gerufen »Clara!«, als wäre ich nicht drei, sondern dreihundert Meter weit weg. Also bin ich auch ins Zimmer und hab da so rumgestanden, während Luze Vincent erklärt hat, welche Tiere das sein sollen, und ihm Bäume und Büsche gezeigt hat, die waren aus Papier und Schwämmen und einfach Kram. Einfach ganz, ganz viel Kram, den wir zusammengestoppelt haben.

Ich hab mich ein bisschen geschämt.

»Cool«, hat Vincent gesagt.

»Cool«, hat Luze nachgeplappert.

Und dann hat sie einen kleinen Vortrag gehalten, dass man das mit dem Handy filmen kann und die Tiere mit der Hand bewegen muss und jemand muss erzählen und Geräusche machen, also so, wie Luze eben plappert.

Ich hab aus dem Fenster geschaut, da hat es geschneit.

»Oh, Schnee!«, ist mir da rausgerutscht und Luze ist gleich zum Fenster gestürmt.

Da haben wir gestanden und rausgeguckt. Irgendwann hat Luze gefragt: »Und wir dürfen wirklich gar nicht raus?«

Ich hab mit den Schultern gezuckt.

»Besser nicht«, hab ich gesagt. Und fand das so komisch, dass es schneien kann, wenn es so kalt ist, weil ich das eigentlich anders gelernt habe.

»Schade«, hat Luze gesagt.

»Ich mach mit«, kam plötzlich von Vincent.

Und bevor ich nachfragen konnte, meinte er: »Beim Film. Darf ich doch, oder?«

Da hat Luze so heftig genickt, dass ihr fast der Kopf abgefallen wäre.

»Okay, was soll ich machen?«, hat Vincent gefragt.

Luze hat nachgedacht. »Kannst du filmen?«

Vincent hat genickt. Und sein Handy geholt.

»Aber eigentlich braucht man ein Skript«, hat er gesagt.

»Clara, wir brauchen ein Skript, haben wir ein Skript?«, hat sie mich gefragt und dann leise: »Was ist ein Skript?«

»Ein Drehbuch«, hat Vincent gesagt. »Da steht drin, was wann wie geschieht in welcher Szene und was wer zu sagen hat und so.«

»Muss ich das schreiben?«, hat Luze gesagt.

»Kann ich machen«, hab ich sie beruhigt. »Du sagst mir einfach, was du machen willst, ich schreib das auf. Und du musst auch bestimmen, wer was sagt.«

Da hat sie nachgedacht.

Und dann hat sie mir diktiert.

Immer wieder nachgedacht und diktiert und die Figuren angeschaut und erklärt und dann hatten wir den Film.

»Wir brauchen noch Wasser«, hat Luze beschlossen, weil wir irgendwann mal eine Dokumentation über Tiere in Afrika angeschaut haben und da alle Tiere an Wasserstellen gefilmt wurden.

Also hab ich einen alten Aschenbecher ausgegraben, der war noch ganz hinten im Küchenschrank, und dann haben wir den mit Wasser vollgemacht und dann drumherum so was wie Gras und Büsche (Papierschnipsel und mit Wasserfarben eingefärbte Schwämmchen) geklebt.

Und dann ging es los.

Ich musste die Szenen aufbauen und die Tiere so gut und unauffällig wie möglich bewegen, Vincent hat gefilmt, dann hat er seinen Laptop geholt und den Ton drübergesprochen.

Das hat alles ganz schön lange gedauert. Draußen ist es schon dunkler geworden. Und als wir fertig waren, haben wir ein bisschen gejubelt und uns einfach gefreut, weil wir einen echten Film gemacht haben.

Und dann kam Gregor rein.

Und war rot im Gesicht.

»Wie oft muss ich denn noch sagen, dass ich in Meetings bin und ihr ruhig zu sein habt, verdammt noch mal!«

Diesmal hat sich sogar Luze erschreckt und fand ihn gar nicht mehr lustig.

Gregor hat noch ein bisschen gezetert und dann ist er türenschlagend wieder im Schlafzimmer verschwunden.

Und dann hat es geklingelt. Das war Vincents Vater, der war schon fertig mit der Arbeit und hat zu Vincent gesagt, dass er seine Sachen packen soll und mit hochkommen, weil es gleich Abendessen gibt.

Weg war Vincent.

Draußen war es dunkel und der Schnee war im Licht der Straßenlaternen ganz hell.

Luze und ich haben aus dem Fenster geschaut.

»Erzählst du mir zwei Witze?«, hat Luze gesagt.

»Zwei?«

»Ja, einer reicht nicht.«

»Okay«, hab ich gesagt und den ersten erzählt.

Der geht so:

Sagt der kleine Eisbär zu seiner Mutter: »Du Mama, du bist ein Eisbär?«

»Ja«, sagt die Mama.

»Und Papa?«

»Der auch.«

»Und Oma und Opa?«

»Die sind auch Eisbären.«

»Und der andere Opa und die andere Oma?«

»Auch beide Eisbären.«

Der kleine Eisbär denkt nach.

Dann sagt er: »Aber warum ist mir dann so schrecklich kalt?«

»Okay«, hat Luze gesagt, »einen noch, bitte.«

»Gut. Wie kommt ein Elefant auf einen Baum?«

Luze hat mit den Schultern gezuckt.

»Er klettert hoch.«

Da hat sie schon ein klitzekleines bisschen gekichert.

»Und wie kommt er wieder runter?«

»Wie?«, hat sie gefragt.

»Er setzt sich auf ein Blatt und wartet drauf, dass es Herbst wird.«

Da hat Luze gelacht.

Und dann hat sie mir erklärt, warum der Witz witzig ist.

Ich hab nur genickt.

Aus der Küche kamen plötzlich Geräusche. Wir sind nachschauen gegangen, das war Gregor, der gekocht hat.

Und dann stand auch schon Mama in der Wohnung mit roten Backen und roter Nasenspitze.

Sie hat sich noch in der Winterjacke auf einen Küchenstuhl fallen lassen und versucht sich die dicken Winterstiefel von den Hacken zu treten, aber das ging nicht. Also hat sie versucht sich zu bücken, aber das ging auch nicht, weil sie die Jacke noch zu hatte.

Mama hat geseufzt und gesagt: »Ich bleib einfach so, für immer.«

Luze hat wieder gekichert.

»Und, hattet ihr's schön zusammen?«, hat Mama gefragt.

»Ja, super war das!«, hat Gregor gerufen, bevor wir auch nur irgendwas sagen konnten.

Mama hat Luze und mich angeschaut.

Wir haben zu Gregor hingeschaut, der da am Herd versucht hat so schnell wie möglich was zu essen zusammenzurühren.

»Habt ihr alle Aufgaben gemacht?«

Luze hat an die Wand geguckt und »Joah« gesagt.

»Luze hat Lesen geübt von ganz allein!«, hab ich gesagt, was ja nicht mal gelogen war.

Luze hat gegrinst und dann Mama erzählt, wie viele Wörter es gibt und dass die ja niemand alle kann.

Und dann hat Gregors Handy geklingelt und er ist drangegangen und raus aus der Küche.

Mama ist aufgestanden, zum Herd und hat eine Platte runtergestellt, Nudeln ins Wasser geschüttet und sich dann doch die Jacke und die Schuhe ausgezogen.

»Gregor hat die ganze Zeit gearbeitet, oder?«, hat sie gefragt und einen Lappen geholt, weil ihre Winterstiefel kleine Pfützen auf dem Boden hinterlassen haben.

Luze hat genickt. Ich auch.

Mama hat geseufzt. »Nächste Woche wird alles besser«, hat sie gesagt und mehr Tomatenpampe in die Soße geschüttet, aber ich glaub, das hat sie eher zu sich gesagt.

Oben in Vincents Zimmer ging das Licht an. Ich hab da hingeschaut, während Luze Mama von unserem Film erzählt hat.

Plötzlich stand Vincent am Fenster. So richtig. Und hat rausgeschaut. Und dann hat er mich angeschaut, wie ich ihn da im Fahrstuhlspiegel anstarre.

Rot geworden bin ich, und fast wär ich unter den Esstisch gekrochen. Aber dann hat er die Hand gehoben und mir gewinkt.

Ich hab auf meinem Platz an unserem Küchentisch gesessen und rausgeschaut und gedacht, der winkt mir. Und ganz langsam hab ich meine Hand gehoben und zurückgewinkt.

»Und es hat geschneit!«, hat Luze zu Mama gesagt und ist an ihr hochgeklettert.

»Ich weiß!«, hat Mama geantwortet.

»Aber wir dürfen nicht raus, oder?«

Vincent hat aufgehört zu winken, aber noch ein bisschen geguckt. Und dann ist er wieder vom Fenster weg und ich hab mich gefragt, ob ich mir das gerade eingebildet habe. Und gedacht, dass er ja vielleicht auch jemand anderem gewinkt hat.

Und bin wieder rot geworden, ganz für mich allein, weil Mama Luze auf dem Arm hatte und beide in die Soße geguckt haben.

Und später hab ich im Bett gelegen und war alles. Und hab an Lisa gedacht. Wie gerne ich ihr das jetzt erzählen würde. Ins Bad gehen, mein Handy mitnehmen und Lisa eine Sprachnachricht aufnehmen, weil ich ja um diese Uhrzeit gar nicht mehr telefonieren darf. Weil ich um diese Uhrzeit eigentlich schlafen soll.

Ich wäre ins Bad geschlichen, hätte im Flur gehorcht, ob Gregor und Mama noch wach sind, ob sie reden, ob Mama noch arbeitet.

Hätte im Bad auf dem Wannenrand gesessen und selbst ganz leise geredet.

Und hätte nicht von unserem Streit gesprochen. Hätte gesagt, dass sie mir fehlt. Vielleicht gefragt, ob es bei ihr auch so geschneit hat wie bei uns, weil sie ja am anderen Ende der Stadt wohnt. Und was sie die ganze Zeit macht und wer von ihren Eltern zu Hause geblieben ist, oder ob sie bei ihrer Oma ist. Und ob ihre Schwester immer noch so nervt oder mal eine nette Woche hatte. Und dann hätte ich gesagt, »Du, der Vincent«, denn Lisa wusste ja auch, dass Vincent der schönste Junge ist, der niemals lachen will, egal wie gut meine Witze sind, und Lisa fand meine Witze eigentlich immer super.

Und ich hab immer noch im Bett gelegen und nachgedacht, wie ich ihr das erklären könnte, dass ich Vincent jetzt kennenlerne, dabei kannte ich ihn doch eigentlich schon.

Ich hab im Dunkeln gelegen und gedacht, wenn ich jetzt ins Bad geschlichen wäre und auf Aufnahme gedrückt hätte, wäre bestimmt die Wut wieder hochgeblubbert wie böser Pudding.

Und ich hätte nichts davon gesagt, wie es mir geht, oder gefragt, wie es ihr geht, ich hätte nur wieder gesagt: »Wie konntest du nur!«

9

Mama war schon weg, als ich aufgestanden bin. Ich hab ihr noch schnell eine Nachricht geschrieben mit *Viel Glück* und Kleeblättern und Küsschen. Dann hat sich Luze über meine Schulter gehängt und gefragt, was ich da schreibe und wem ich schreibe, und dann wollte sie unbedingt, dass wir Mama ein kleines Video machen, also haben wir das gemacht.

Und dann mussten wir warten, bis Mama das gesehen hat und uns Küsschen geschickt hat, und erst dann haben wir gefrühstückt.

Und dann haben wir uns fertig gemacht, angezogen und unsere Sachen gepackt, weil Gregor schon unruhig war, und wir haben alles mitgenommen (ich hab auch noch ein Extrabuch für mich eingepackt, weil man ja nie weiß!) und sind dann hoch zu Vincent und Vincents Vater in die Wohnung.

In der wir vorher noch NIE waren.

Wir haben geklingelt, Tür ging auf, Gregor hat noch irgendwas zu Vincents Vater genuschelt und ist dann abgehauen, echt jetzt. Weg war er!

»OKAY!«, hat Vincents Vater gesagt und Luze hat ihm die Hand hingehalten und »Hallo, ich bin Luze« gesagt.

Er hat erst komisch geguckt, dann hat er ihre Hand genommen, sie geschüttelt und gesagt: »Hallo Luze, komm doch rein.«

Hat er seinen Namen genannt? NEIN. HAT ER NICHT!

Luze ist also stracks rein und hat links geguckt und rechts, ist losgelaufen und verschwunden und hat gerufen: »CLARA! Das ist alles ganz anders als bei uns!«

Ich hab mir keine Schuhe ausziehen müssen, weil ich auf dicken Socken und in Puschen nach oben gekommen bin.

»Hi«, hat Vincents Vater zu mir gesagt und ich hab ihn nur angeguckt und dann Luze hinterhergeschaut, die schon nicht mehr da war. Und dann hab ich meine Sachen da im Flur auf den Boden gelegt und bin schnell Luze hinterher, bevor noch sonst was passieren konnte.

Luze ist mir aber schon wieder entgegengerannt.

»Clara, warum ist die Wohnung anders als bei uns?«

»Weiß nicht, isso«, hab ich geantwortet.

Vincents Vater hat noch an der offenen Wohnungstür gestanden und da kamen gerade Tatiana und ihr Freund vorbei, aber die haben gestritten, die haben uns nicht mal angeschaut, als Luze »Hallo!« gesagt hat.

Vincents Vater hat die Tür zugemacht.

Dann hat er an die Tür neben der Wohnungstür geklopft und sie aufgemacht und ich hab kurz die Luft angehalten und mein Herz auch, weil ich ja gewusst habe, dass da Vincent wohnt. Also dass das sein Zimmer ist. Über unserer Küche.

Die Tür war also auf und Vincents Vater hat reingeschaut und gesagt: »Luze und Clara sind da.« Leise hat er das gesagt, als ob wir das nicht hören sollten, weil er dann nämlich auch noch gesagt hat: »Hättest du nicht wenigstens ein bisschen aufräumen können?«

»NEIN!«, hat Vincent gerufen.

Ich hab im Flur gestanden und mich gefragt, welcher Vincent da hinter der Tür sitzt.

Der, der blöde grinst, oder der, der mir im Fahrstuhlspiegel zuwinkt. Oder der, der mit Luze Tierfilme dreht.

Ganz mulmig ist mir geworden, weil ich nicht wusste, ob ich den Vincent von heute leiden können würde. Was wichtig ist, wenn du den halben Tag mit jemandem verbringst. Du willst schon wissen, ob er dich die ganze Zeit ignoriert und die Kopfhörer nicht von den Ohren nimmt oder ob er seinen Vater anbrüllt oder ob du wegen ihm plötzlich wieder im Dunkeln im Keller stehst und Angst um deine kleine Schwester hast.

Dann hat Vincent die Tür weiter aufgemacht und rausgeguckt (und das Tolle an Vincent ist, dass man immer erst seine Locken sieht, bevor man ihn sieht, aber egal) und dann hat er uns angeschaut und Luze hat gerufen »VINCENT!«, weil sie ihn ja auch schon seit vierzehn Stunden oder so nicht mehr gesehen hatte, und er hat … na ja, ein Lächeln würd ich das nicht nennen. Nicht ganz.

Aber er hat »HEY!« gesagt und dann gewartet, bis wir in sein Zimmer kommen. Dann hat er seinen Vater zur Tür rausgeschoben und die Tür hinter ihm zugemacht.

Von draußen hat der gefragt: »Braucht ihr noch was?«

Und als wir nicht geantwortet haben »Wenn ihr was braucht, sagt Bescheid«.

Und dann ist er wohl weggegangen.

»Siehst du?!?«, hat Luze gesagt. »GANZ ANDERS!«

Ich hab mich umgeguckt und begriffen, was sie gemeint hat. Eigentlich ist das Zimmer von Vincent ja über unserer Küche, aber es ist mindestens doppelt so groß! Und mit Hochbett! Mit einer Treppe, und nicht mit einer Leiter! Das war, als hätte Vincent zwei Stockwerke in einem. Als hätte Vincent eine eigene Wohnung!

Und dann ist mir aufgefallen, dass ich die ganze Zeit den Mund offen stehen hatte, peinlich, aber okay.

Vincent hat dagestanden und sich den Kopf gekratzt und ich hab gedacht, Mensch, so hat Vincents Vater also ausgesehen, als er ein Kind war. Oder keins mehr sein wollte.

Luze ist im Zimmer hin und her gerannt und hat aus den Fenstern geschaut und ist hoch aufs Bett und hat runtergerufen »CLARA! Ich bin oben!«, peinlich, und ich konnte nicht mal schnell sagen »Komm da runter«, weil sie dann eh schon wieder runtergeklettert ist und den Sitzsack ausprobieren musste und dann den Hängesessel, und dann hat sie vor Vincent gestanden und wusste wohl auch nicht mehr, was sie noch sagen sollte.

Also hab ich sie am Ärmel festgehalten und ihr gesagt, dass sie ihre Schulsachen auspacken soll. »Wo?«, hab ich Vincent noch gefragt, und er hat gezeigt und da hätte ich fast gesagt »ECHT

JETZT, IST DAS DEIN ERNST?«, weil Vincent nämlich nicht einfach nur einen Schreibtisch hat, sondern sehr viel Schreibtisch und einen Teil davon hat er wohl für uns freigeräumt.

Der Rest war voll mit so allem, was man auf einem Schreibtisch rumliegen haben kann. Sehr, sehr viele Sachen. Ich hab Luze auf ihren Stuhl gesetzt und dann bin ich noch mal in den Flur und hab meine Tasche geholt und mich dann auf meinen Stuhl gesetzt.

Direkt neben Vincent. Aber na ja, jetzt nicht so nah wie in der Schule, weil das echt ein langer Schreibtisch ist, den er hat. Und als ich noch mal geschaut habe, was da alles liegt, hab ich gedacht, das ist kein Schreibtisch, das ist eine Werkbank.

Vincent hat mich angeschaut, weil ich wohl nicht mehr den Tisch, sondern ihn angestarrt hab, also hab ich gesagt: »Treffen sich zwei Rosinen, sagt die eine ›Ey, warum hasten du 'n Helm auf?‹, sagt die andere: ›Ich muss heute noch in den Stollen.‹«

Vincent hat geguckt und irgendwann genickt und dann hat er »Okay« gesagt und seinen Laptop zurechtgerückt und die Kopfhörer aufgesetzt.

»Wieso Stollen, versteh ich nicht?«, hat Luze gefragt und ich hab gesagt, dass ich ihr das am Abend erkläre, weil sie jetzt Online-Unterricht hatte. Dann ist mir aufgefallen, dass wir ja noch das Passwort brauchen, also hab ich Vincent an die Schulter getippt (mir ist echt nichts anderes eingefallen) und er hat mich angeguckt, dann wieder Kopfhörer runter und ich: »Passwort?«

Zwei Sekunden lang hat er mich einfach nur angestarrt. Dann hat er »Ach so« gesagt, ist zu Luze und hat das Passwort auf dem Tablet eingegeben und mir hat er einen Zettel geschrieben. Und den in meine Richtung geschoben.

Okay.

Dann hat er mich angeguckt, genickt und dann wieder die Kopfhörer aufgesetzt und ich hab gedacht: Was ist das denn für ein Vincent?

Neben mir hat Luze mit Kopfhörern Unterricht gemacht und immer mal wieder laut was gesagt, was echt schräg war. Ich hab NaWi gemacht und mir einen Film angeschaut, aber als der Film zu Ende war und ich was darüber schreiben sollte, hab ich gemerkt, dass ich NICHTS davon mitbekommen hab.

Weil mein Gehirn manchmal einfach macht, worauf es gerade Lust hat. Rumdenken. Aber eben nicht an NaWi denken, sondern wie es sein kann, dass jemand, von dem ich weiß, dass er lachen kann, und der auch bei Manja gestern fast gelacht hat, das also eigentlich kann, warum ich den nicht zum Lachen bringe.

Und mein Gehirn ist nur auf eine Erklärung gekommen: Er findet meine Witze echt nicht lustig. Dabei habe ich die ja vorher schon an anderen getestet. Die drüber gelacht haben. Und zwar nicht aus Mitleid.

Dann hat mein Gehirn noch was super Blödes gemacht und mir den Gedanken in den Kopf gespuckt, dass Vincent mich nicht mag. Weil er mich vielleicht peinlich oder öde oder langweilig findet.

Ich hab dann versucht nicht mehr auf solche dämlichen Gedanken zu hören und mir den Film schnell noch mal angeschaut, damit ich auch endlich was dazu schreiben kann. Mein Gehirn hat dann zum Glück wieder normal Schulkram gemacht.

Später musste ich online gehen, wieder für Englisch, und bin dann raus in den Flur und hab mich da auf so eine Bank gesetzt, die bei Leanders im Flur rumsteht. So groß ist der Flur bei denen, dass da eine ganze Bank rumstehen kann.

Dann gingen wieder alle Fenster im Stream an und Lisa hatte wieder diese dämliche Sonne neben ihrem Namen und ich hab gedacht, ich hätte jetzt gerne eine Gewitterwolke neben meinem.

Dann hab ich einfach unsere Lehrerin groß gestellt, damit ich Lisa nicht mehr angucken muss.

Als Lisa irgendwann was gesagt hat und dann ganz groß war, war das nicht so schlimm. Sie hat eh nicht in die Kamera geschaut, weil sie was vorlesen musste, und dann war schon der Nächste dran, und dann stand plötzlich Luze vor mir und hat mich angestarrt und sah aus, als würde sie gleich heulen.

Also hab ich auf stumm geschaltet und Luze gefragt, was ist.

»Ich muss mal.«

»Okay«, hab ich gesagt.

»Kommst du mit?«, hat sie gefragt, ganz leise.

»Ich hab Englisch«, hab ich angefangen, aber da hab ich schon gesehen, dass Luze die Unterlippe bibberte.

»Warte«, hab ich gesagt und mich dann entwirrt und mein Handy auf die Bank gelegt und bin rein zu Vincent, weil Luze und ich keine Ahnung hatten, wo hier das Klo war.

Also hab ich ihm wieder auf die Schulter getippt und er hat wieder gestarrt und ich hab gefragt, wo denn das Klo ist, und erst hat er ausgesehen, als ob er uns den Weg erklärt, aber dann ist er aufgestanden und hat gesagt: »Ich bring euch.«

Wie groß ist denn diese Wohnung?, hab ich da gedacht.

War aber gar nicht so wild.

Nur, dass da eben noch ein Flur mit einigen Türen war. Und hinter einer davon eben das Klo.

Vincent hat sofort kehrtgemacht, aber ich durfte nicht, ich musste sogar mit ins Klo, weil Luze das wollte.

Und dann hab ich da am Waschbecken gestanden und gewartet.

»Kommt was?«, hab ich gefragt.

»Gleich.«

Dann kam ein kleiner Pups, und Luze hat gekichert, klar.

Dann endlich Pullergeräusch.

Und als sie fertig war und wir uns beide die Hände gewaschen hatten (weil die Seife so toll gerochen hat), bin ich zurück an mein Handy und hab die Kopfhörer wieder eingestöpselt und irgendwer hat gekichert und dann noch einer und ich hab gesehen, dass ich doch die ganze Zeit auf laut gestellt war und alle mitbekommen haben, dass ich eben mit meiner Schwester pullern gehen musste.

Als Englisch vorbei war, bin ich wieder in Vincents Zimmer.

Der saß da nur die ganze Zeit und hat Sachen an seinem Laptop gemacht.

Also hab ich Mathe gemacht, mit dem Buch. Sogar noch ein bisschen weiter, als wir sollten.

Dann stand Luze plötzlich neben mir, so super nah. »Ich hab Durst.«

»Pause?«, hab ich gefragt. Luze hat genickt.

Diesmal hat sie Vincent angetippt und gesagt, dass Pause ist.

»Okay«, hat Vincent gesagt und uns angeschaut.

Und ich hab im Kopf die Sekunden gezählt, wie lang das wohl diesmal dauert, bis er es checkt, einundzwanzig, zweiundzwanzig, dreiundzwanzig.

»Ach so! Habt ihr Hunger? Oder Durst?« Und dann hat er sich

umgeguckt, aber auf dem Schreibtisch stand nur ein Glas, und das war seins.

»Oh, sorry«, hat er gesagt.

»Küche?«, hab ich also gefragt.

»Ja.« Dann ist er endlich aufgestanden und wir hinterher und dann sind wir wieder in den langen Flur mit den vielen Türen und diesmal zu einer anderen, und dahinter war die Küche.

»WOOOOOOW«, hat Luze gerufen, als sie den Kühlschrank gesehen hat.

Und dann noch mal, als Vincent den Kühlschrank aufgemacht hat. Und als der Kühlschrank Eiswürfel für uns ausgehustet hat. Aber das war schon ein bisschen Angeberei.

Plötzlich stand Vincents Vater in der Tür und guckte uns an und dann auf seine Armbanduhr und stellte Brot und Käse und so auf den Tisch und war schon wieder weg.

Und da erst hat Vincent zum ersten Mal so was wie einen ganzen Satz gesagt. Ganz plötzlich. »Gestern hat er noch gesagt, er würde sich heute freinehmen, und jetzt sitzt er doch wieder nur im Büro.«

Luze hat sich ein Brot geschmiert und ich hab uns einen Apfel klein geschnitten und Luze hat in beides gebissen (Apfel und Käsebrot gleichzeitig im Mund findet sie großartig), gekaut, einen Schluck Schorle getrunken und dann gesagt: »Hast du keine Mama?«

LUZE!, hab ich ganz laut gedacht, aber das hat sie nicht gehört, hat nur weiter gekaut und Vincent angeschaut, als hätte sie ihn gerade gefragt, ob er ein Fahrrad hat.

»Klar«, hat Vincent irgendwann gesagt.

»Jeder hat eine Mutter«, hab ich gesagt.

»Wo ist die?«, hat Luze weiter gefragt.

Vincent hat sein Brot, das er sich gerade geschmiert hat, in der Hälfte durchgerissen und »Weg« gesagt. Und dann »Unterwegs«.

Ganz komisch hat er das gesagt. Unterwegs.

Luze hat zum Glück nur noch »Okay« gesagt und wieder von Brot und Apfel abgebissen.

Dann hat sie gesummt und vor sich hin geguckt, so in die Luft, und dann wieder zu Vincent. »Wer wohnt denn noch hier?«

Vincent hat sie nur angeschaut, im Comic wären lauter kleine Fragezeichen über seinem Kopf gewesen.

»Warum sind da so viele Zimmer?«, hat Luze gefragt und erst ihn angeguckt, dann mich, als ob ich das wüsste, und dann wieder Vincent.

»Lass Vincent doch mal essen, Luze.«

»Meine Eltern haben beide Büros hier in der Wohnung«, hat Vincent geantwortet. »Und ich hab noch einen Bruder, also Halbbruder, der hat auch mal hier gewohnt, aber der studiert jetzt woanders. Kennst du den? Den Juri?«

Luze hat mich angeschaut und leicht den Kopf geschüttelt und gewartet, ob ich sage »Doch, den kennste«.

Aber ich hatte den selbst nur zweimal, glaub ich, gesehen. So im Vorbeigehen, mal an der Haustür und einmal im Treppenhaus oder so.

»So viele Zimmer«, hat Luze gesagt.

Vincent hat genickt und wusste auch nichts mehr zu sagen.

»Wir haben nur eins für uns beide«, hat Luze gesagt.

Aber ich glaub, das hat sie eher zu sich als zu Vincent gesagt. Der hat trotzdem genickt.

»Machen wir heute ein Abenteuer?«, hat Luze gefragt.

Ich hab an den Keller gedacht und gleich »NEIN« gesagt, laut und kurz.

»Wieder nur Schule?«

»Du kannst dir ja noch eine Geschichte vom Pferd ausdenken und die malen und aufschreiben oder so«, hab ich vorgeschlagen.

»Na gut«, hat Luze gesagt.

Da ist mir erst aufgefallen, wie selten Luze das Pferd in den letzten beiden Tagen erwähnt hat.

»Was macht denn das Pferd?«, hab ich gefragt.

Luze hat mit den Schultern gezuckt und ihr Glas leicht angekippt und dann gesagt: »Das schläft viel. Hunde schlafen sehr viel.«

Und dann hat sie sich zu Vincent gedreht. »Manchmal nämlich, da rennt das Pferd das Treppenhaus hoch und runter und dann durch den Hof über die Mülltonnen, und dann im Hinterhaus hoch bis zum Dach, und dann auf dem Dach rum und dann wieder runter. Und dann muss es schlafen, nach so viel Radau und Unfug. Weil man ja gar nicht rausdarf und weil man ja auch nicht im Treppenhaus rumrennen darf, und das hab ich dem Pferd auch gesagt und deswegen ist es auch jetzt daheim.«

»Oh, schade«, hat Vincent gesagt.

Luze hat ihr Glas angeschaut und gesagt: »Aber vielleicht kann es ja später kommen, wenn es ausgeschlafen hat.«

Dann hat sie das Glas leer getrunken und meinte: »Ich gehe jetzt lesen üben!« Und ist abmarschiert.

Vincent und ich haben in der Küche gesessen, alleine und uns angeschaut. Ich hab dann mein Brot schnell in den Mund gestopft und mich ein bisschen verschluckt und husten müssen und aber den Mund zugelassen, damit ich nicht durchgekautes Brot auf den Tisch spucke. Vincent hat mir mein Wasserglas hingeschoben. Dann ist er aufgestanden und aus der Küche gegangen. Ohne ein Wort. Ich hab ganz schnell was getrunken und das Brot endlich runtergeschluckt und hab dann noch ein bisschen dagesessen, in dieser Monsterküche, und mir fünfmal durchs Gesicht gewischt, weil ich gedacht hab, dass ich bestimmt doch irgendwas Brotartiges irgendwo kleben habe. Dann bin ich aufgestanden und wieder in Vincents Zimmer.

Der hat dagesessen und war still und hat Sachen am Computer gemacht oder was angeschaut, was weiß ich, und Luze hat sich in den Sitzsack gesetzt und auf dem Tablet Leseübungen gemacht.

Und plötzlich war mir langweilig.

So langweilig. Ich hätte noch ein bisschen Hausaufgaben gehabt, aber die waren erst für Montag und ich hab auf die Uhr geschaut und gedacht, jetzt hätte ich eigentlich AG mit Lisa. Und weil ich eh gerade auf die Uhr geschaut hab, hab ich das Handy wieder entsperrt und geschaut, wer was geschrieben hat. Ein paar hatten Probleme mit Mathe. Einer hat ein lustiges Video mit einem komischen Tier aus Australien gepostet. Kyra hat sich selbst aufgenommen, wie sie was singt und dazu Gitarre spielt, und ich hab mich gewundert, dass die sich das so einfach traut. Also klar, singen und Gitarre spielen, aber das erstens aufnehmen und dann zweitens das Video einfach so im Klassen-Chat posten, wo die sich doch alle immer über alles lustig machen.

Ich hab ja unser Tiervideo auch nicht gepostet, dabei hat mir das Vincent sogar geschickt. Aber irgendwie … nee.

Nichts von Lisa.

Also Handy wieder aus und vor mich hin gestarrt und überlegt, ob ich doch Hausaufgaben mache, und dann überlegt, wann Mama und Gregor wiederkommen, und dann mein Buch aus der Tasche gezogen und einen Absatz fünfmal gelesen und gedacht, dass ich auch mal das Treppenhaus hoch- und runterrennen will wie das Pferd. Und manchmal, wenn man das so denkt, dann fangen einem ja die Beine an zu kribbeln, schlimm. Und das hörte auch gar nicht mehr auf. So schlimm war das, dass ich irgendwann aufstehen musste, und als ich da stand, haben Vincent und Luze mich angeschaut, und bevor irgendwer fragen konnte, bin ich raus, nur auf Socken, raus aus der Wohnung und dann rauf und dann wieder runter, vorbei an Luze und Vincent, die im Türrahmen gestanden haben, und bin runtergerannt, bis ins Erdgeschoss, und unten gleich wieder umgedreht und hoch, richtig hochgehoppelt bin ich, bis ganz nach oben.

Und dann hab ich dagesessen vor der Tür von Björnsons und ganz laut geatmet und gehofft, dass Luze mal ganz kurz nicht nachkommt, dass sie mich bitte, bitte, bitte mal allein sein lässt. Hier. Weil ich einfach mal ganz kurz atmen musste. Ohne sie.

Ich hab dagesessen und langsam hat sich mein Atem wieder beruhigt. Die Björnsons waren ja nicht da, und da oben, das war ganz gut. Eigentlich hätte ich gleich aufstehen sollen, runtergehen und Luze beim Lesen helfen und vielleicht doch meine Hausaufgaben machen und dann irgendwann wieder nach Hause. Aber ich wollte nicht. Mein Körper wollte nicht, meine Beine nicht, mein Kopf nicht, Füße, Finger, Arme, Ohren, alles musste noch dableiben. Keine Ahnung, warum. Mein Atem ging schon längst wieder normal und richtig warm war es da ja nicht.

Aber so schön still. So schön allein.

Eine Weile habe ich dagesessen. Mit dem Rücken an der Björnsontür und die ganze Zeit die Wand gegenüber angestarrt, die so ein fades Gelb ist wie das ganze Treppenhaus. So ein Gelb, das man gleich wieder vergisst.

Ich hab die Hände in die Ärmel gezogen und mir wieder über das Gesicht gewischt, aber da war ja gar nichts mehr. Und dann bin ich runtergegangen. Ganz langsam.

Bei Leanders stand die Wohnungstür offen. Ich bin rein, hab sie hinter mir zugezogen und bin in Vincents Zimmer geschlichen. Da saß Luze neben Vincent und beide waren über was gebeugt und haben mich nicht mal bemerkt. Bis Luze laut losgejubelt hat. Erst dann hat sie sich umgeschaut, mich gesehen und gesagt: »Schau mal, Clara, ich hab was repariert! Ich hab geschraubt! Und jetzt ist es wieder ganz!«

Ich bin näher gekommen und Luze hat es mir gezeigt: »Schau, das Regal, das hat Vincent nämlich auf der Straße gefunden, das war kaputt, aber jetzt haben wir es ganz gemacht, schau, Clara!«

Und dann hat sie mir erklärt, dass man da auch Kleber benutzt und welchen Kleber, und dann hat Luze mir den Unterschied zwischen den Schraubenziehern erklärt. »Das ist nämlich ein Kreuzschlitzschraubenzieher«, und hinter ihr hat Vincent das Wort tonlos mitgesprochen, »weil da ein Kreuz drauf ist, und das Kreuz ist auch hier auf der Schraube! Und das ist der Kopf!«

Luze hat gekichert. Dann hat sie gesagt, dass sie pullern muss, und ist aufgestanden und raus. Hat mich gar nicht gebraucht.

Ich hab mich auf Vincents Schreibtisch umgeschaut, der also

wirklich eine Werkbank war. Da lagen lauter Sachen rum, die unvollständig oder halb kaputt waren. Sogar ein Radio.

»Das kannst du?«, hab ich ihn gefragt und auf das Radio gezeigt.

Vincent hat mit den Schultern gezuckt. »Ein bisschen. Den Rest lern ich dann.«

Und er hat zum Computer rübergenickt und ich hab gedacht, klar, YouTube und so. Dann wusste ich nicht mehr, was ich noch sagen wollte. Aber gedacht hab ich: Warum macht der das? Der hat doch alles. Und was er nicht hat, das muss er doch nicht auf der Straße finden. Der kann doch alles kaufen. Oder seine Eltern fragen. Und die kaufen das dann. Was will der denn damit?

Hab ich aber nicht gefragt.

Luze kam zurück und fing gleich wieder an zu reden.

»Man kann alles wieder reparieren, Clara!«

Und als ich nichts gesagt hab, hat sie Vincent angeschaut. »Stimmt doch, oder?«

»Na ja«, hat er gesagt. Und als Luze fast traurig guckte, hat er schnell hinzugefügt: »Vieles aber. Viel mehr, als die meisten denken. Vieles sollte man nicht wegwerfen.« Und dann hat er sich wieder umgedreht und Sachen auf seinem Schreibtisch hin und her geschoben.

Dann hat es geklingelt und Vincent ist an die Tür gegangen. Da standen Emmchen und Manja. »Wo ist Luze?«, hat Emmchen gefragt. »Hier!«, hat Luze aus Vincents Zimmer gerufen, und Emmchen ist an Vincent und mir vorbeimarschiert hin zu Luze und hat ihr ein Falafel in die Hand gedrückt, »Da!« gesagt und ging dann wieder zurück zu Manja.

Die zuckte nur mit den Schultern, meinte »Alles fein bei

euch?«, und wir haben auch beide nur mit den Schultern gezuckt.

»Hey Clara, geht ein Dalmatiner einkaufen, fragt die Kassiererin: ›Sammeln Sie Punkte?‹«, sagte Manja und grinste breit, aber dann fing Emmchen an an ihr zu ziehen und »Heim!« zu sagen. Also sind die beiden wieder nach unten gegangen.

Als wir zurück in Vincents Zimmer waren, hat Luze auf dem Sitzsack gesessen, das Tablet auf dem Schoß und in der einen Hand das Falafel, an dem sie rummümmelte. »Clara, stell dir mal vor, wir können alles wieder ganz machen, was kaputt ist«, hat Luze gesagt, aber weiter das Tablet angeschaut. Ich hab dagestanden und gewartet, ob noch was kommt, dann hab ich mich wieder an mein Buch gesetzt und gelesen, bis Mama geklingelt und uns nach unten gescheucht hat, weil es Pizza geben sollte. »Magst du auch?«, hat sie Vincent gefragt. Der hat in die Wohnung geschaut, wo irgendwo sein Vater war. »Ich glaub, ich bleib lieber hier«, hat Vincent irgendwann gesagt.

Unten war schon der Ofen an, weil der vorwärmen musste, und Mama hatte Fertigteig gekauft. Erst kam Tomatensoße drauf, und dann haben wir lauter Kram draufgemacht, den wir mögen. Und dann Käse.

Pizza in den Ofen, Tisch decken. Und dann kam Gregor heim. »War klar, dass du kommst, wenn die Arbeit getan ist«, hat Mama gesagt und wollte Gregor einen Kuss geben, aber der ist ihr ausgewichen.

»Die dämliche Bahn ist ausgefallen und die danach ist auf halber Strecke stehen geblieben und dann komm ich endlich heim und du sagst so was.«

»Das war doch nur ein Scherz, Gregor«, hab ich gesagt.

»Eben«, hat Mama gesagt, aber Gregor hat nur abgewinkt und ist ins Bad, um sich die Hände zu waschen. Mama hat ihm hinterhergeguckt.

»Mama, ich weiß jetzt, was ich werde, wenn ich erwachsen bin!«, hat Luze gesagt, aber Mama hat nur Mm-mmh gemacht. »Ich werde Reparierin. Ich mach alles wieder ganz.«

»Das ist schön«, hat Mama gesagt und mich fragend angeschaut.

Luze ist aufgestanden, hat dem Pferd seine Schüssel hingestellt, die Luft gestreichelt, hockte da neben der Schüssel und redete leise auf das Pferd ein. Gregor kam wieder und hat die Pizza gegessen, als ob sie nicht schmecken würde, dabei war die toll.

Das Deckenlicht oben ist nicht angegangen, jedenfalls nicht, solange wir Pizza gegessen haben, und danach hat Mama noch Karten spielen wollen, aber Gregor wollte nicht und ist ins Schlafzimmer, und ich eigentlich auch nicht wirklich, aber drei Runden Uno hab ich mitgemacht.

Mama hat, glaub ich, die ganze Zeit gewartet, ob Gregor noch mal in die Küche kommt. Jedenfalls hat sie nach dem dritten Mal Uno gesagt, dass sie jetzt mal schaut, was er macht.

Oben war es nur ein bisschen hell, hab ich gesehen und gedacht, dass Vincent vielleicht nur eine Schreibtischlampe anhat. Dass er vielleicht bastelt. Was repariert. Was wieder ganz macht.

Als Mama nicht wiedergekommen ist, hab ich noch eine Runde mit Luze gespielt und danach gesagt, dass wir ja noch ein bisschen zusammen lesen können. Wir haben uns bettfertig gemacht, und Luze durfte mit in mein Bett, mit dem Buch, das sie sich ausgesucht hat, eins, das sie noch nicht auswendig kannte.

Dann hat sie ein bisschen vorgelesen und ich ein bisschen mehr.

Irgendwann war sie zu müde, aber Mama hatte noch nicht Gute Nacht gesagt. Ich hab Luze schon mal zugedeckt und bin rübergegangen, aber da haben sich Mama und Gregor gestritten. Nicht laut, wie sie das sonst machen, sondern zischend. Ernst.

»Ich komm gleich«, hat Mama gesagt, als sie mich bemerkt hat, wie ich da im Türrahmen stand.

Ich bin wieder zurück in unser Zimmer. Aber Luze hat eh schon geschlafen.

10

Und dann war Samstag und eigentlich Wochenende, ausschlafen, lesen, lange frühstücken und so. Samstag ist der schönste Tag der Woche.

Aber an dem Samstag bin ich davon wach geworden, dass etwas geknallt hat, dann gescheppert, dann ist was die Treppe runtergefallen, und dann haben sich Menschen angeschrien.

Kissen über den Kopf hat auch nichts geholfen.

Irgendwann haben sie aufgehört zu streiten, aber draußen war trotzdem was los.

Ich hab mir die Augen gerieben und dann gemerkt, dass Luze schon wach war und am Fenster stand.

Dann hab ich mir noch mal die Augen gerieben. Weil es

draußen aussah, als wären wir in der Waschanlage, und zwar da, wo der Schaum aufs Auto runterkommt. So dolle hat es geschneit. Schaumig.

Ich bin aufgestanden und zu Luze ans Fenster gegangen.

Alles weiß. Weil erstens sind da dickste Schneeflocken durch die Luft gesaust, und zwar aus allen Richtungen gleichzeitig, und zweitens war auch unten auf der Erde und oben auf den Häuser und den Bäumen und Autos, die ganze Straße, alles weißweißweiß.

Vor dem Haus stand ein Lieferwagen total komisch geparkt, mit dem Rückteil zur Haustür, halb auf dem Gehweg.

»Mensch«, ist mir da wieder eingefallen und ich hab Luze auf die Schulter gehauen, »gegenüber zieht doch heute jemand ein!«

Und ZACK sind wir beide zur Wohnungstür gerannt, haben die aufgerissen und rausgeschaut.

Das Treppenhaus war voll mit Männern in blauen Latzhosen und genau solchen Stimmen. Und gegenüber war eine Frau, die wir nicht kannten. Die mit den Männern sprach. Und sie dirigierte. Jedes Mal, wenn einer mit einer Kiste oder einem Möbelstück oben ankam, hat der erst mal vor ihr haltgemacht und sie hat dann gesagt, in welches Zimmer das kommt.

Luze hat sich an mich gedrückt, was neu war. Sie ist ja sonst nicht so schüchtern.

Erst als ein Umzugsmann Hallo gesagt und sogar gegen seine Mütze getippt hat, erst dann hat sie sich geregt und auch Hallo gesagt und gegrinst.

Und da hat uns die Frau dann zum ersten Mal angeguckt.

Und während sie uns angeschaut hat, hat sie weiter den Umzugskerlen gesagt, wo sie hinsollen, und wenn gerade keiner kam, hat sie Sachen ins Handy getippt oder jemandem Sprachnachrichten geschickt.

Die Frau schaute auch mal kurz hoch, hat aber kein Wort zu uns gesagt.

Und als gerade wieder drei Umzugsmänner runterliefen und die Frau alleine da stand und wieder zu ihrem Handy greifen wollte, da bin ich zu ihr hin, hab ihr meine Hand hingestreckt: »Hallo, ich bin Clara.«

»Ja«, hat die Frau gesagt und die Treppe runtergeschaut, aber da kam niemand, und dann »Solveig. Klein«.

Also hab ich gesagt: »Clara. Albert.«

Solveig Klein hat genickt.

»Wir wohnen da. Falls was ist«, hab ich gesagt. Und dann stand natürlich Luze neben mir und meinte: »Ich bin Luze. Hast du Kinder?«

»Nein«, hat Solveig Klein gesagt. Als die Umzugsmenschen das nächste Mal hochkamen mit mehreren Kisten, ist sie mit den Kisten in die Wohnung gegangen und kam auch erst mal nicht mehr raus. Ich hab mich umgedreht, da stand Mama im Türrahmen und sagte: »Ist kalt, kommt mal rein!« Haben wir gemacht, Tür zu.

»Wie sollen wir denn bei dem Wetter einkaufen gehen!«, hat Gregor in der Küche geschimpft.

»Wie sonst auch, mit unseren Beinen!«, hat Mama gesagt, aber Gregor hat nicht gelacht, dabei mag der sonst genau solche Witze.

Dann ist Mama an den Kühlschrank und hat reingeschaut und Gregor vorgetragen, was alles im Kühlschrank ist. Dann hat sie den Küchenschrank aufgemacht und da weitergemacht. Und dann ist sie an den Gefrierschrank gegangen, und dann erst hat Gregor gesagt: »Ist ja gut, ich hab verstanden.«

»Wir haben ganz viel zu essen!«, hat Luze gesagt.

»Wir haben alles auf der Welt zu essen«, hat Luze gesagt, und da hab ich erst gemerkt, dass sie wieder mit dem Pferd redet.

»Auch Maisstärke!«, hat Luze gesagt.

»Hurra, Maisstärke!«, hab ich gesagt und Luze hat die Hände in die Höhe gerissen und auch Hurra gerufen, dabei haben wir beide keine Ahnung, was Maisstärke eigentlich ist.

»Muss jemand ins Bad?«, hat Gregor gefragt. »Sonst geh ich jetzt.«

Also sind wir alle schnell noch mal aufs Klo. Dann haben wir versucht zu frühstücken. Mama hat das Radio angemacht und schöne Musik rausgesucht und ich hab Tee gekocht und wir haben den Tisch gedeckt und eine Kerze angemacht und Eier gekocht, und dann hat Mamas Handy geklingelt. Und sie hat draufgeguckt, und als ich ihre Augenbrauen gesehen hab, hab ich gleich gewusst, dass das die Arbeit ist. Und dass sie sagen wird, dass sie nur kurz rangeht. Und dass es nicht kurz sein wird.

Mama hat das Handy genommen und ist ins Schlafzimmer und Luze und ich haben dagesessen und im Radio kamen Verkehrsnachrichten, die nicht aufhören wollten.

Ich hab dann mal die Eier abgeschüttet oder wie man das nennt und dann abgeschreckt, dabei hatte ich keine Ahnung, ob die schon lang genug gekocht haben.

Dann hab ich auf dem Handy nachgeschaut, wie lange so ein Ei kochen muss. Bisschen spät. Ich weiß.

Luze hat zur Küchentür geschaut und im Radio fing wieder Musik an.

»Komm, wir können schon mal essen«, hab ich gesagt.

»Aber Mama und Papa sind nicht da«, hat Luze gesagt.

»Die kommen bestimmt gleich.«

Luze hat angefangen. Zwei Honigbrote und ein Ei hat sie gegessen, dann einen Apfel und ein Stück Käse. Und die ganze Zeit war Mama am Telefon und Gregor auf dem Klo.

Und die ganze Zeit hat Luze zur Küchentür gestarrt, egal womit ich sie ablenken wollte.

»Das geht doch nicht!«, hat Luze irgendwann geschimpft. »Es ist Wochenende, da müssen wir doch zusammen sein! Und Mama arbeitet bestimmt gleich wieder und Papa bestimmt auch und wir können nicht mal raus!«

Zuerst wollte ich ihr widersprechen. Aber da war Mama schon viel zu lange am Telefon, oder vielleicht hatte sie sogar schon wieder aufgelegt und musste nur ganz schnell mal sonst was machen.

»Die vermissen uns gar nicht«, hat Luze gesagt.

»Och komm. Gestern hat Mama doch mit uns Uno gespielt und Pizza gemacht.«

»NA UND?«, hat Luze gesagt und hatte recht.

Und dann hab ich gewartet und gehofft, dass sie sich irrt. Zuerst kam Gregor rein, hat sich einen Kaffee genommen und die Zeitung aufgeschlagen und sein Handy auf den Tisch gelegt. Und dann hat er immer so zwischen Handy und Zeitung hin und her gelesen. Als er nicht hingeschaut hat, hab ich zu Luze geguckt und den Zeigefinger auf die Lippen gelegt. Und sie hat verstanden. Wir sagen kein Wort zu ihm. Wir warten, ob er was sagt.

Das hat er, weil im Radio was gesagt wurde, was er nicht gut fand, dann hat er mit dem Radio geschimpft, dann hat er sich neuen Kaffee eingeschenkt und dabei was verschüttet und dann geflucht, und dann hat sein Handy geklingelt und er ist drangegangen und aufgestanden. Und raus aus der Küche.

Mama kam gar nicht. Irgendwann bin ich ins Zimmer von ihr und Gregor, da saß sie am Rechner und tippte aufgeregt, während Gregor in unserer Wohnung rumgelaufen ist und laut telefoniert hat.

»Du«, hab ich zu Luze gesagt. »Kannst du mich sehen?«

Luze hat genickt.

»Gut. Ich kann dich auch sehen.«

Luze hat nachgedacht. »Was, wenn nur wir beide uns sehen, aber wenn die anderen uns alle nicht sehen können? Mama und Papa und Emmchen und das Haus und alle Menschen auf der Welt?«

»Komm, das testen wir jetzt«, hab ich gesagt und wir sind aufgestanden, vorbei an Gregor, haben uns Pullis übergezogen und Hausschuhe und dann sind wir rüber zu Emmchen und Manja, haben geklingelt.

Die Tür ging auf, Manja guckte raus, Emmchen guckte raus, sagte »Hallo Luze!«, und Manja »Na ihr, braucht ihr was?«.

»Nee, alles okay«, hat Luze gesagt und dann ist sie ein Stockwerk höher gerannt.

»Tschüs«, hab ich noch schnell gesagt und bin ihr hinterher.

Luze stand schon vor der Tür von Leanders. Und hatte auch schon geklingelt. Von drinnen kamen Schritte. Dann machte Vincents Vater auf, guckte uns an und sagte nur laut: »Vincent! Besuch!«

Luze ist einfach an ihm vorbei und gleich zu Vincent rein,

ohne zu klopfen und ich hab 'nen Riesenschreck gekriegt, weil was, wenn Vincent da nackt steht, weil er sich gerade anzieht oder so.

War aber nicht nackt. War vollkommen angezogen, saß auf dem Sitzsack und schaute hoch, als Luze reinmarschierte.

Hat sich die Kopfhörer von den Ohren gezogen und nur gewartet.

»SIEHST DU UNS?«, hat Luze gerufen.

Vincent hat mich angeguckt, dann wieder Luze, dann mich, dann hat er Ja gesagt.

Luze hat sich in den Hängesessel fallen lassen. Die Arme verschränkt, die Unterlippe vorgeschoben und vor sich hin gestarrt. Vincents Vater hat leise hinter mir die Tür zugezogen.

»Wir haben die doofsten Eltern von allen!«, hat Luze irgendwann gesagt.

Ich bin zu dem Hängesessel gegangen und hab mich neben sie gequetscht und einfach mal gehofft, dass der uns zwei aushält. Luze ist ja nur so ein Federchen, aber ich bin steinschwer.

Die Halterung hat ein bisschen gequietscht, aber mehr ist nicht passiert.

Luze hat sich an mich gedrückt, meine Haare vor ihr Gesicht gehängt und mit ihrer Hand nach meiner gesucht.

Der Hängesessel ist hin und her geschaukelt, ganz leicht.

»Ich auch«, hat Vincent irgendwann gesagt.

Kurz hätte ich ihn gerne mit in den Hängesessel gezogen zu uns.

Luze hat ihn durch meine Haare hindurch angeschaut und ein bisschen geweint, und Vincent hat nicht gesagt, dass sie aufhören soll, oder sich lustig gemacht.

Heiraten, hab ich wieder gedacht.

Den. Echt.

Aber erst mal haben wir da zusammengesessen und waren ein bisschen verloren und dabei waren wir doch daheim.

»Vincent, es gibt doch für alles ein Werkzeug«, hat sie gesagt.

»Kann man dann alles wieder in Ordnung bringen? Alles ganz machen?«

Und bevor er antworten konnte, hat Luze schon gesagt: »Nicht lügen.«

Vincent hat vor sich hin gestarrt, so nach unten, dass ich nur noch die Lockenantennen gesehen habe, die wie Schmuckzwirbel in Kupfer eine nach der anderen nach vorne gefallen sind.

Und dann hab ich gesagt: »Na, und?«

Und Luze meinte: »Wir machen das jetzt. Wir machen alles ganz.«

Dann ist sie aus dem Hängesesselnest gesprungen und hat sich vor Vincent und mir aufgebaut. »Wir machen alles wieder richtig und gut.«

Und da war es wie als das Pferd bei uns aufgetaucht ist. Wenigstens hat sie wieder gelächelt. Also haben wir wohl mitgespielt.

11

Wenn du was reparieren willst, musst du erst mal rausfinden, was kaputt ist. Klar. Sollte klar sein. Aber manchmal denkt man, man weiß, was kaputt ist, und dann ist es was ganz anderes.

Vincent hat erklärt, dass das wie in der Medizin ist, »Da gibt es Symptome und Ursachen«, hat er gesagt, und Luze hat unglaublich ernst genickt, aber ganz verstanden hat sie das bestimmt nicht. Also hat Vincent das genauer erklärt. »Also bei einer Erkältung ist das Symptom so was wie Husten und Schnupfen. Aber die Ursache sind ja Viren.« Dann hat er gewartet, ob Luze nickt. Hat sie.

»Aber manchmal ist das nicht so einfach. Manchmal hat man irgendwo im Körper Schmerzen, die von ganz woanders herkommen. Zum Beispiel Kopfschmerzen, die eigentlich vom Rücken kommen, weil der total verspannt ist, oder so.«

»Woher weißt du das denn alles?«, hab ich dann mal gefragt.

»Meine Mutter mag Arztserien.«

Da hab ich genickt.

»Okay. Also wenn man dann weiß, was kaputt ist, was also die Ursache ist, dann kann man nach dem richtigen Heilmittel oder dem richtigen Werkzeug suchen. Erst dann.«

Luze hat in die Luft geguckt und auf ihrer Unterlippe rumgekaut.

Dann hat sie sich ans Fenster in Vincents Zimmer gestellt, die Unterarme aufs Fensterbrett und das Kinn auf die Unterarme.

Wir haben beide ein bisschen zu ihr geschaut und gewartet. Das hat eine Weile gedauert. Inzwischen ist Vincent wieder an seinen Tisch gegangen und ich hab mal geschaut, welche Bücher er so bei sich im Regal stehen hat.

Und irgendwann hat Luze gesagt: »Wir müssen üben.«

Und dann hat sie sich von Vincent Papier und Stifte genommen hat sich auf den Boden gelegt und unser Haus gemalt.

Mit allen Stockwerken.

Und dann hat sie Türen gemalt für die Leute, die da wohnen. Und dann hat sie die Leute dazugemalt. Und dann hat sie versucht die Namen dazuzuschreiben, das ging aber nicht so gut, dann hab ich geholfen. Also vorgesagt. Aber geschrieben hat sie alleine.

Dann ist Luze aufgestanden, hat auf das Bild von unserem Haus runtergeschaut, genickt und gesagt: »Wir fangen oben an.«

»Oben?«, hab ich gefragt.

»Im Dachgeschoss?«, hat Vincent gefragt.

Luze hat genickt.

»Aber Björnsons sind doch gar nicht da.«

»Na und?«, hat Luze gesagt.

Also sind wir nach oben gestiegen bis ins Dachgeschoss und haben dagestanden und die Tür von Björnsons angestarrt, als würde sie sich gleich doch öffnen. Oder uns wenigstens einen Tipp geben, wie man die Dinge, wie man am besten alles reparieren kann. Hat sie aber nicht, war eine Durchschnittstür ohne Sprachkenntnisse. Oder wollte nicht reden.

»Okay«, hab ich gesagt, damit irgendwer was sagt.

Luze hat erst mich angeguckt, dann die Tür, dann wieder mich, dann hat sie geschnauft und »Moment« gesagt und ist die Treppen runtergehüpft.

Als sie wieder zurückkam, hatte sie Stift und Papier dabei.

»Wir schreiben denen«, hat Luze gesagt. Und war ja klar, dass sie nicht schreibt, sondern diktiert. Mir diktiert. Damit ich schreibe. Aber gut.

»Schreib mal, dass wir gerne helfen würden. Also HALLO WIR WÜRDEN EUCH GERNE HELFEN ABER WAS DENN?«

»Soll ich noch *Willkommen zu Hause* drüberschreiben? Für wenn sie wiederkommen?«

Luze hat dolle genickt und gesagt: »Jajaja, genau, und dann unten, *schön, dass ihr wieder hier seid* und *wie war der Urlaub* und *Tschüs Luze, Clara, Vincent.*«

Ich hab das genau so geschrieben und hab Luze noch uns und das Pferd draufmalen lassen.

Dann haben wir das unter der Tür durchgeschoben und erst mal dagesessen und wieder die Wand gegenüber angestarrt.

Und kurz hab ich gedacht, wie schön das wäre, wenn Luze

die blöde gelbe Wand anmalen könnte, so wie sie und Silas das Wandbild gemacht haben. Aber so was kann man nur in netten Kindergeschichten machen, in echt gibt es Hausbesitzer und Hausverwaltungen und so Leute, die das nicht gut finden und dann Geld von uns wollen, damit sie das wieder gelb übermalen können. Also hab ich gar nicht erst damit angefangen. Und einfach gehofft, dass Björnsons sich über den kleinen Brief von uns freuen.

Wir haben da so lange gesessen, bis wirklich einer gesagt hat: »Und jetzt?«

Und weil uns erst mal nichts eingefallen ist, sind wir wieder zu Vincent, weil Luze was mit Eiswürfeln haben wollte.

»Kann euer Kühlschrank auch Softeis machen?«, hat sie auf dem Weg nach unten gefragt.

»Nein«, hat Vincent geantwortet.

»Kannst du was bauen, was Softeis macht?«, hat Luze gefragt.

»Weiß nicht«, hat Vincent gesagt.

Luze hat geseufzt und dann waren wir bei Vincent und sie hat erst mal nur eine Schorle mit Eiswürfeln bekommen, aber dann hat Vincent im Gefrierschrank gewühlt und noch Eis am Stiel vom letzten Sommer gefunden.

Das ist vielleicht komisch, Eis zu essen, wenn draußen Schnee liegt.

»Ist deine Mama immer noch unterwegs?«, hat Luze gefragt.

»Jep«, hat Vincent gesagt und aus dem Fenster geschaut. Da hat sich langsam Schnee auf Schnee auf Schnee gelegt. Lauter kleine Schneestaubschichten.

»Wie Claras Papa«, hat Luze gesagt und dann »Haben wir noch mehr Eis?«.

Vincent hat mich angeguckt. »Gregor ist nicht dein Vater, oder?«

»Nee«, hab ich gesagt.

»Wo ist dein Vater?«

»Na, unterwegs.«

Vincent hat noch ein bisschen geguckt und dann genickt und dann wieder rausgeschaut.

Da hat es geschneit.

Und geschneit.

»Hast du gesehen?«, hat Luze zu Vincent gesagt. »Gegenüber von uns zieht heute jemand ein! Die heißt ...«, und dann hat sie mich angeschaut und ich hab »Solveig« gesagt.

»Okay«, hat Vincent gesagt.

»Die hat keine Kinder«, meinte Luze dann.

Und dann hat sie ein bisschen geseufzt. Und ich hab mich gefragt, wie oft Luze wohl an Silas denkt. Silas war ganz weggezogen, weg aus der Stadt und nicht nur ein paar Straßen weiter. Ging also auf eine ganz andere Schule. Und beide hatten kein Handy.

Dann hab ich wieder an Lisa gedacht.

Und auch geseufzt.

Und dann kam der Vater von Vincent rein, der uns anguckte und »Hallo ihr« sagte.

»Hallo«, haben wir gesagt, und erst stand er da so rum, aber dann fragte er, ob er uns was zu essen machen soll, ob wir Hunger oder Durst hätten. Luze hat ihre Schorle hochgehalten.

Vincent hat die ganze Zeit rausgestarrt.

»Okay«, hat der Vater von Vincent gesagt. »Dann ...«

Was dann, hat er nicht gesagt. Er stand da so und hat

Vincents Hinterkopf angeschaut und sah so aus, als wollte er noch was sagen, zu seinem Sohn. Vielleicht ist ihm nur nicht eingefallen, was. Also hat er gesagt, dass er drüben ist, was auch immer das heißen sollte.

»Tschüs!«, hat Luze ihm hinterhergerufen.

»Habt ihr Streit?«, hat Luze gefragt, als Vincents Vater weg war.

Es hat ein bisschen gedauert, bis Vincent gemerkt hat, dass er gemeint war. Luze hat einfach gewartet, bis er sich umgedreht hat, sie angeschaut hat, und dann guckte er auf den Tisch, hat mit den Schultern gezuckt und »Weiß nicht. Nein« gesagt, aber es klang eher wie »Ja, doch«.

»Warum?«, hat Luze gefragt und hab ich gedacht.

Da sind seine Augen ganz dunkel geworden, dass ich fast aufgestanden wäre. Fast wollte ich gehen.

Und er hat Luft geholt und … dann kam aber nichts.

Und ich hab gedacht: Reparieren!, jetzt sofort!, also bin ich wirklich aufgestanden und hab gesagt: »Wir machen jetzt einen Kuchen oder so für Solveig, weil man das so macht, wenn jemand neu einzieht! Los!«

Und erstens war damit die komische Stimmung fast repariert oder wenigstens ausgeknipst und zweitens hatten wir was zu tun, weil es immer noch Samstag war und schneite und unsere Eltern eben, ja. Kuchen backen war was, das konnte man machen. Wie basteln. Oder ein Spiel spielen. Statt Spielregeln gibt es ein Rezept, und man muss Zutaten zusammensuchen und abzählen und abwiegen und einen Ofen vorheizen und eine Form fetten und das zu dem geben und mit dem anderen verrühren und sieben und schütten und so.

Und Luze fiel »Backe backe Kuchen« ein und dann wollte sie wissen, was Safran ist, und warum die gel sagen, wenn sie gelb meinen, und dann haben wir die Teigreste aus der Schüssel ausgeschabt und gegessen, haben vor dem Backofen gesessen, als würden wir den besten Film aller Zeiten sehen.

Einen Film namens Kuchen. Mit Geruch.

Ich hab dagesessen und Luze hat gequasselt, und ich hab gedacht, vielleicht ist das so, wenn man dann erwachsen ist. Dass man sich selbst kümmert und Kuchen backt und selbst eben entscheidet, welchen Kuchen und warum.

Der Kuchen war schnell fertig. Wir haben noch Puderzucker obendrüber gemacht und dann sah der aus wie aus einem Backbuch oder aus dem Internet, so schön.

Ich hab fast erwartet, dass Luze sagt, dass sie den Kuchen lieber behalten will, hat sie aber gar nicht, und dann dachte ich, dass ich den Kuchen am liebsten behalten will.

Aber gut. Wir sind dann runter, Vincent hat den Kuchen getragen, Luze ist vorgegangen und hat geklingelt und dann noch mal geklingelt und dann hat jemand die Tür aufgemacht. Das war aber ein Umzugshelfer.

Dann kam Solveig und wir haben ihr einfach den Kuchen hingehalten.

»Ja?«, hat Solveig gesagt.

»Kuchen«, hat Vincent gesagt.

»Okay?«, hat sie gesagt und den Kuchen angestarrt.

»Für dich!«, hat Luze ungeduldig gesagt.

»Ich esse keinen Zucker«, hat Solveig gesagt, als sei ihr das gerade eingefallen.

Aber dann hat sie uns angesehen und vielleicht auch gesehen, wie Luze da geguckt hat, und meinte: »Aber die Umzugshelfer mögen bestimmt Kuchen.«

Dann hat sie sich umgedreht und dann wieder zu uns, den Kuchen entgegengenommen und dann ist ihr noch eingefallen »Danke« zu sagen.

Wir haben da noch ein bisschen rumgestanden vor der offenen Tür, die irgendwann einfach zugefallen ist. Und wohl alle gedacht, dass wir gerne ein Stückchen abgehabt hätten.

Dann ging bei uns die Tür auf und Mama sagte: »Da seid ihr, kommt rein.«

Also sind wir rein. Mit Vincent.

Ohne zu sagen »Hey Vincent, kommste mit?«, der kam jetzt einfach. Fand ich gut.

Auf dem Esstisch standen Suppenteller und Löffel und ein Korb aufgeschnittenes Brot.

Gregor war nicht da, und Mama sagte nur: »Es gibt Suppe. Danach könnt ihr euch einen Joghurt nehmen.«

Und als Luze sagte »Isst du nicht mit?«, hat Mama mit dem Kopf geschüttelt und nicht mal erklärt, warum.

Von Gregor ganz zu schweigen.

Aber die Suppe war okay.

Wir haben die gelöffelt und Brot reingetunkt und draußen hat es immer noch geschneit und wir waren immer noch drinnen und hatten ein Dreiviertel-Wochenende vor uns.

Irgendwann ist das so ein Running Gag geworden, dass Luze und ich immer wieder gesagt haben: »Die Suppe ist okay.«

Das ging so lange, bis keine Suppe mehr da war. Und dann haben wir beide immer noch gelacht, weil man ja jetzt sagen konnte: »Die Suppe war okay.«

Und richtig geschrien vor Lachen haben Luze und ich, als Mama reinkam und meinte: »War die Suppe okay?«

Wir also gelacht, mit Bauch halten und Tränen und »ichkannnichtmehrhörtdochmalauf«.

Aber Mama fand es nicht witzig. Dabei hat sogar Vincent gelächelt.

Dann hat Mama sich zu uns gesetzt und gesagt: »Ich hab nachgedacht.«

»Oh-oh«, hat Luze gesagt.

»Nichts oh-oh«, meinte Mama. »Clara, wie wäre es denn, wenn wir dich zu Lisa bringen und du ein bisschen da bist?«

»NEIN!«, hab ich gesagt, schon bevor Mama fertig war.

Und als sie fertig war, hab ich noch dreimal Nein gesagt, sehr laut.

»Aber Schatz, ich hab schon wieder so viel zu tun …«

»Ach, das ist ja mal was ganz Neues!«, hab ich gerufen und mir dann fast die Hand vor den Mund gehalten, weil ich so was sonst nie, nie, nie sagen würde. »Du hast doch gesagt, dass du nach der Präsentation Zeit hast.«

»Ja, aber jetzt ist was Neues reingekommen, da kam eben ein Anruf und …«

»Nein!«, hab ich gesagt.

»Ich will auch nicht, dass Clara weg ist«, hat Luze gesagt.

»Und wir haben ja auch das Projekt!«, hat da plötzlich Vincent gesagt.

»GENAU!«, kam von Luze.

Und ich dachte, Mensch, das mit den Dingen reparieren, das können wir doch Mama nicht als Projekt verkaufen, die lacht uns doch aus, und dann sitz ich noch schneller im Auto auf dem

Weg zu Lisa, mit der ich nie, nie, nie wieder was zu tun haben will.

»Jahrgangs- und fächerübergreifend«, hat Vincent weiter erzählt. »Wir machen einen Dokumentarfilm über das Haus.«

Vincent guckte uns an und wir nickten dolle in Richtung Mama.

»Und das soll bis nächsten Freitag fertig werden«, sagte Vincent.

»JAA, eben!«, hab ich dann auch mal gesagt.

»Wir haben uns schon einen Plan gemacht, wie wir vorgehen.«

»Aber die Björnsons sind nicht da«, hat Luze gesagt.

Mama hat dagesessen und die Arme verschränkt, aber irgendwann hat sie auch angefangen zu nicken.

»Worum geht's in dem Projekt«, hat sie dann doch mal gefragt.

»*Meine Welt, in der ich lebe* ist der Titel. Und dazu kann man machen, was man will, aber weil wir ja schon den Tierfilm gemacht haben ...«, hat Vincent erklärt.

»Wir haben einen richtig echten Film gemacht, Mama!«, hat ihn Luze unterbrochen.

»... Deswegen dachten wir, das hat so gut geklappt, wir machen jetzt einen richtig langen Dokumentarfilm.«

»Aha.« Mama hat uns nicht ganz geglaubt. Nur so ein bisschen hat sie uns geglaubt.

»Wir wollten auch fragen, ob du das im Haus-Chat erzählen kannst, damit die anderen Bescheid wissen«, hab ich also gesagt.

Da kam Gregor rein und fragte nach der Suppe.

Mama hat ihm gleich von dem Projekt erzählt.

»Super klingt das«, hat Gregor gesagt und sein Handy rausgeholt und in den Haus-Chat getippt, was wir für ein tolles Projekt vorhaben und dass ja alle mitmachen sollen.

»SONST!«, hat Gregor gesagt und gekichert.

Luze ist zu Gregor und auf ihn raufgesprungen. Und Gregor hat sie hochgezogen.

»Aber magst du nicht doch lieber ein paar Tage bei Lisa sein? Ihr könnt doch auch ein Projekt machen«, hat Mama leiser zu mir gesagt.

»Nein.«

»Alles in Ordnung mit euch beiden?«

»Wir haben auch schon angefangen mit dem Film«, hab ich gesagt. »Und Vincent muss das ja auch machen. Ich kann ihn doch nicht hängen lassen.«

»Okay. Aber ich muss dieses Wochenende arbeiten. Und nächste Woche auch. Und Gregor ...«, hat Mama gesagt und zu ihm genickt, wie er da stand, am Telefon tippte, Luze als Kletteräffchen an ihm dranhing, und dann klingelte sein Handy und es war niemand aus dem Haus, sondern die Arbeit.

Da ist Luze von ihm abgerutscht und wieder zu uns.

»Und das Pferd kommt auch in den Film diesmal!«, hat Luze gesagt.

Mama hat sie gedrückt und mir ein Küsschen gegeben und ist dann wieder arbeiten gegangen.

Und dann saßen wir wieder zu dritt in der Küche.

»Projekt?«, hab ich Vincent gefragt. Der hat mit den Schultern gezuckt.

Ich wollte noch sagen, wie beeindruckt ich war, dass der aus dem Stand so gut lügen kann, aber dann sagte Luze: »Bist du traurig, dass wir das Projekt machen und du nicht zu Lisa darfst?«

»Nein«, hab ich gesagt.

Null, hab ich gedacht.

Es hat nicht lange gedauert, da hat das Haus reagiert.

Und dann wurde ein Plan gemacht, der ging wirklich von oben nach unten.

Also Montag im vierten OG (das heißt Obergeschoss).

Da wohnt Rosa, gegenüber wohnt Hotte, manchmal mit Nanette. Manchmal nicht. Und dann ist da noch eine Wohnung, da kennen wir die Leute nicht. »Lasst die vielleicht lieber in Ruhe«, hat Mama gesagt und komisch geguckt.

Dienstag dann im dritten. Da wohnt Tatiana, und Kurt mit seinen Kindern und dann ist da noch ein Büro von dem Büro, das im Erdgeschoss ist. Wir haben nämlich auch ein Erdgeschoss, da wohnt aber niemand, da arbeiten nur welche.

Und dann Vincents Stock, das zweite OG, da haben die ihre Monsterwohnung, und dann wohnt da noch eine alte Dame, die wohnt da schon seit immer. Die kennen wir auch nicht richtig.

Ich hab mich gefragt, ob wir jetzt wirklich einen Film drehen müssen, nur damit ich daheim bleiben darf. Und was ich dann erzähle, wenn es dafür später gar keine Note gibt und so.

Aber Vincent hat das gar nicht interessiert.

»Wir machen das einfach«, hat er gesagt. Und damit war der Drops gelutscht.

Am Donnerstag dann unser Stockwerk. »Dann musst du aber da sein! Und du auch!«, hat Luze zu Mama und Gregor gesagt.

»Das können wir ja auch abends machen, oder?«, hat Gregor

gesagt und Mama hat ihn angeschaut, dass ich dachte, gleich trifft ihn der Schlag und er fällt tot um.

Und dann noch Emmchen und Manja. Und die neue Solveig.

»Kurz«, hat Vincent gesagt.

»Nein, Klein«, hab ich gesagt, war mir dann aber doch nicht mehr sicher.

»Okay, dann haben wir ja einen Plan«, sagte Vincent.

»Das ist doch kein Plan! Was sollen wir denn machen? Einfach nur filmen? Fragen stellen? Was denn für Fragen?«

Wir haben in unserem Zimmer auf dem Teppich gelegen und die Decke über uns angestarrt. Luze hat ein Endloslied über Hunde gesungen. Ganz leise. Hat sie wahrscheinlich nicht mal gemerkt.

»Wir fragen die, wo sie herkommen. Und wo sie schon überall gewohnt haben. Und wo sie am liebsten wohnen würden. Und wie sie hier ins Haus gekommen sind und wann. Und so was.«

»Okay«, hab ich gesagt.

»Also, du fragst«, hat Vincent noch gesagt. »Weil ich ja filme.«

»Ich kann auch filmen, wenn du mich lässt.«

»Nee.«

»Und was mach ich?«, hat Luze gefragt.

»Du stellst auch Fragen. Und erklärst den Zuschauern, wer wer ist.«

»DEN ZUSCHAUERN!«, hat Luze gejuchzt und die Beine nach oben geworfen, als könnte sie an der Decke laufen.

»Und alle sollen einen Witz erzählen!«, hat Luze noch gesagt.

Dann hat sie sich auf den Bauch gedreht und ist zu mir gerobbt. »Oder sie erzählen uns ein Geheimnis! Was niemand sonst weiß!«

»Bestimmt nicht«, hab ich gesagt.

»Ich muss bald hoch.« Vincent hat auf sein Handy geschaut, es dann zur Seite gelegt und weiter an die Decke gestarrt.

»Du kannst auch hierbleiben und mit zu Abend essen«, hab ich gesagt. Und es war so einfach, das zu sagen.

»Kann nicht. Papa.«

»Okay.«

»Können wir zu dir hochkommen?«, hat Luze gefragt.

»Heut nicht, okay?«

»Okay«, hat Luze traurig gesagt. »Was esst ihr?«

»Weiß nicht.«

Und dann haben wir doch noch eine lange, lange Weile dagelegen und Luze hat noch drei Strophen von dem Lied über Hunde gesungen.

Erst dann hat Vincent sich aufgerafft und aufgerappelt und ist aufgestanden.

Von da oben hat er uns angeschaut und die Haare waren überall um ihn rum.

»Tschüs«, hat er gesagt.

»Tschüühüüs, lieber Vincent!«, hat Luze gerufen und ihm gewinkt, als wäre sie auf einem Schiff und Vincent am Hafen.

Ein kleines Lächeln. Dann ist er gegangen.

»Heute ruft dein Papa an!«, hat Luze zu mir gesagt, als Vincent schon weg war und wir immer noch dalagen.

»Nee, der ist doch unterwegs.«

»Der ruft heute an. Echt wahr«, hat Luze gesagt. Dann ist sie aufgesprungen und zu Mama gerannt und hat gefragt, was es zum Abendbrot gibt.

Ich hab das ja nicht geglaubt, aber trotzdem, nur für den Fall, hab ich die ganze Zeit mein Handy bei mir gelassen und auf laut gestellt und dann trotzdem noch hundertmal draufgeschaut, ob ich was verpasst habe.

Bis zum Abend war nichts. Dann haben wir beim Essenmachen geholfen, also ich hab geholfen und Luze hat am Küchentisch gesessen und was gemalt und dabei geredet, ich weiß nicht mehr, was.

Und dann haben wir irgendwas gegessen und dann hab ich gesagt, dass ich lesen will, und Luze hat gesagt, dass sie Lesen übt, und mich angeschaut und ich hab gesagt, dass ich ihr ein klitzekleines bisschen helfe, aber nur ein bisschen, weil ich auch mein eigenes Buch lesen wollte.

Mama hat in der Küche gesessen und hat den Laptop zu sich geholt. Gregor hat im Schlafzimmer gesessen. Luze und ich zusammen bei uns.

Und Luze ist echt besser geworden.

Das hab ich ihr auch gesagt, »Du wirst immer besser«. Und erst hat sie »Stimmt gar nicht« gesagt, aber da hat sie schon ein bisschen gegrinst und dann hat sie »Echt?« gefragt und ich hab »Ja« gesagt.

Dann ist sie aufgesprungen mit ihrem Buch und hat gesagt, dass sie jetzt Mama und Gregor zeigt, wie gut sie das kann. Und kurz bevor sie aus dem Zimmer raus ist, hat sie sich umgedreht und »Jetzt, Clara, jetzt ruft er an!« gesagt.

Und ich hab auf mein Handy geschaut, das in genau dem Moment anfing zu klingeln und Papas Foto zeigte, vom letzten Sommer, als wir am See waren.

Und sogar Facetime. Dabei mag Papa das eigentlich nicht.

Also hab ich angenommen und da war Papa und es war fast zu dunkel, um ihn zu sehen. Aber da war er und hat »Na, mein Clärchen? Wie geht es dir?« gesagt.

»Wo bist du denn?«

»Ach, ich häng fest in den Alpen. Zu viel Schnee und Eis.«

»Oje«, hab ich gesagt.

»Nicht schlimm. Komm ich mal zum Lesen.« Und dann hat er mir sein Buch gezeigt und ich hab ihm mein Buch gezeigt und die letzten drei, die ich gelesen hatte, und dann hat er noch gefragt, wie das so ist ohne Schule.

Aber irgendwie. Ich kann das nicht. Alles auf einmal zusammenfassen. Es ist so anders mit Mama, weil die immer da ist. Da kann ich ihr beim Frühstück oder auf dem Weg ins Bad oder so immer gleich erzählen, was los ist. Wenn ich das will. Für Papa muss ich aussuchen, überlegen, was seit dem letzten Mal so passiert ist, was ihn interessiert. Und was ich ihm vielleicht besser nicht erzähle. Also hab ich ihm gezeigt, wie weiß draußen alles war. Auch bei Nacht.

»So viel Schnee und ihr dürft nicht raus. Das ist ja echt Scheiße.«

»Ja«, hab ich gesagt.

Dann haben wir ein bisschen geschwiegen. Bis ich gefragt hab: »Wann kommst du wieder?«

»Ich weiß nicht, Clärchen. Ich sag dir Bescheid.«

Du fehlst mir so sehr, hätte ich fast gesagt. Du fehlst mir ein Loch in den Bauch und ins Herz und überall rein, in Papagröße.

Aber gesagt hab ich »Okay«.

»Ich hab dich lieb«, hat er gesagt und ich »Ich dich auch«.

Und dann hat er aufgelegt.

12

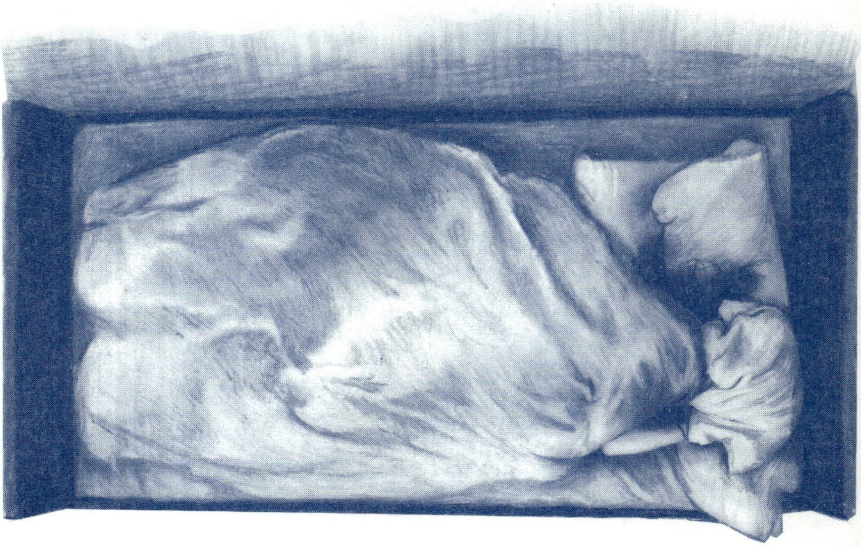

Ich hab mir nicht die Zähne geputzt, ich hab mich einfach unter die Decke gelegt, mich zur Wand gedreht, das Licht aus und mich rund gemacht, ein Stein war ich, so schwer, so schwer. So hab ich dagelegen. So bin ich eingeschlafen.

Und dann war Sonntag und ich so müde. Es war Sonntag. Aber da war keine Sonne. Das war nur ein Tag. Ich war zwar wach, aber nicht wach. Ich hab die Augen zugelassen, ich hab dagelegen und die Wand nicht angeschaut, weil meine Augen zu waren.

Und es war Morgen und Luze war wach und auf und ihre Augen offen und sie aus dem Bett.

Lass mich, bitte, hab ich gedacht. Wollte nur liegen, nur liegen, nur liegen.

Und wieder schlafen. Wollte erst wieder aufwachen, wenn

der Schnee weg wäre, wenn Luze alles repariert hätte, wenn der Winter vorbei wäre.

Habe an Vincent gedacht und alles, alles war traurig und steinschwer und steingrau und ich so steinmüde.

Dann kam Mama und wollte mich wecken, aber ich wollte mich nicht wecken lassen, ich wollte daliegen und schlafen.

Da hat sie mir eine Hand auf die Stirn gelegt, ob ich wärmer war als sonst, ob es Fieber war, aber es war kein Fieber, und ich hab gedacht, vielleicht bin ich krank, aber da war ja kein Fieber. Kann man ohne Fieber krank sein?

»Was ist denn los?«, hat Mama gefragt, hat sich hinter mich gelegt, und dann ganz nah am Ohr, »Du bist doch mein Lichtchen, Clara, was ist denn los?«.

Und ich hätte so gerne gesagt, dass gerade gar nichts hell ist. Und konnte nicht.

Und Luze kam und wollte wissen, warum ich nicht aufstehe, da hat Mama ihr gesagt, dass ich wohl liegen muss.

Und Mama hat gefragt, ob ich Hunger habe.

Oder Durst.

Und ich hab versucht den Kopf zu schütteln, aber auch der war so schwer.

Dann bin ich wieder eingeschlafen und hab geschlafen und war halb wach, als Luze zu Mama laut flüsterte »Ist Clara krank?« und Mama zurückflüsterte »Ich glaub, sie wächst«.

Und wie Luze ganz nah flüsterte, eine kleine Hand auf meinen Haaren, dass sie das Pferd bei mir lässt, dass es sich zu mir legt und auf mich aufpasst. »Das hilft«, hat sie gesagt, »morgen ist alles besser und vielleicht bist du dann schon ausgewachsen.«

Ich hab nur die Wand angeschaut. Vielleicht bin ich irgendwann aufgestanden und aufs Klo, vielleicht hab ich doch getrunken, ich weiß es nicht mehr, vielleicht war es ein Tag, vielleicht waren es auch ganz viele, so lang, so ewig hat es sich angefühlt, und ich hab geschlafen und war wach und vielleicht hab ich irgendwann auch einen Hund gespürt, der ganz nah bei mir lag und auch geschlafen hat.

Aber vielleicht hab ich das auch geträumt.

13

Irgendwann bin ich wach geworden und es war Morgen. Es war fast hell. Ich hab mich umgedreht, auf mein Handy geschaut, und dann bin ich aufgestanden.

Ich hab mich geduscht. Und während ich geduscht hab, ist wohl Mama ins Bad gekommen und auch Luze, aber ich habe erst mal geduscht.

Und als ich fertig war, war ich wieder allein im Bad.

Ich hab mich abgetrocknet, mir das Wasser aus den Haaren gedrückt, erst mit den Händen, dann mit einem Handtuch. Dann hab ich die Haare hochgebunden.

Ich hab mich angezogen und bin in die Küche gegangen. Habe mich an den Tisch gesetzt und auf die Tischplatte geguckt.

Mama hat mir eine Hand auf die Schulter gelegt, hat mir eine Tasse hingestellt und dann auch Tee eingegossen, dabei hätte ich das auch selbst gekonnt.

Dann hab ich eingeatmet.

Dann hab ich hochgeguckt.

Dann fing der Montag an.

»Zuerst geht ihr zu Vincent und um 11 sollt ihr rauf zu Rosa gehen, die hat sich extra freigenommen. Und danach zu Hotte«, hat Mama gesagt.

»Wann ist danach?«, hat Luze gefragt.

»Na wenn ihr mit Rosa fertig seid.«

»Wie fertig?«, wieder von Luze.

»Das Projekt, Luze«, hab ich gesagt.

Luze hat mich angeschaut und dann ganz langsam angefangen zu nicken. »Das Projekt«, hat sie wiederholt.

Mama hat sich zu Gregor gedreht, der stand plötzlich im Türrahmen. Sie ist auf ihn zugegangen und hat ihm den Schlips ordentlich gemacht. Der ist bei Gregor oft schief. Vielleicht, weil er nicht immer einen Schlips tragen muss.

»Warum der Schlips?«, hab ich also gefragt.

Gregor hat leise geseufzt, so leise, das hab ich fast nicht gehört. Da wollte ich ihn schon umarmen. Dann hat er ein bisschen ins Leere geguckt. »Gregor?«, hab ich gesagt. Da hat er mich angeschaut, schief gelächelt und mit den Schultern gezuckt. Gesagt, er muss los. Küsschen in die Luft, in Luzes Richtung, meine, Mamas, dabei stand sie direkt vor ihm.

Dann hat er uns noch gewinkt. Und dann war er weg.

Mama hat ihm nachgeschaut.

Dann hat sie sich zu uns gedreht.

»Keinen Unfug. Keine Abenteuer«, hat sie gesagt.

Luze hat mit dem Finger vor meinem Gesicht rumgefuchtelt und »Benehmt euch!« gesagt und dann gekichert.

Und gerade als Mama ihre Tasche durchgegangen ist, wie sie das jeden Tag macht, sagte Luze: »Mama, Mama, wir müssen noch Clara messen!«

Mama hat sie fragend angeschaut.

»Weil, ob sie gewachsen ist! Und wie viel!«

Dann hat sie mich genau angeschaut von den Füßen bis zum Haaransatz.

»Bist du jetzt größer?«

»Das weiß man doch selbst gar nicht«, hat Mama gesagt.

Aber weil Luze keine Ruhe gegeben hat, hab ich mich an die Wand im Flur gestellt, wo wir uns messen.

»Hacken an die Wand«, hat Mama gesagt und nachgeschaut, dass ich das auch mache und dass ich vor allem keine Schuhe anhabe. Hatte ich nicht. Dann hat sie einen Stift genommen und wollte ihn mir auf den Scheitel legen, aber ich hatte ja so 'nen Wuscheldutt auf dem Kopf, den musste ich erst aufmachen.

Mama hat also den Stift auf meinem Kopf angelegt und an der Wand einen Strich gemacht.

»Und?« Ich hab mich umgedreht.

Mama hat zwei Finger zwischen den letzten und den neuen Strich legen können und durch die Zähne gepfiffen. »Meine Große ist noch größer geworden!« Dann hat sie mich ein bisschen traurig angeschaut. Aber dann hat ihr Handy gepiept. Und sie hat geflucht.

Luze hat gekichert und nachgeflucht.

Und ich hab Mama gesagt, dass sie ruhig gehen kann. »Ich mach das schon.«

Und als sie gezögert hat, hab ich gesagt: »Ich bin doch deine Große.«

Da hat sie genickt. Hat ihre Sachen genommen, sich angezogen und ist gegangen.

Und klar wollte Luze auch gemessen werden und war ungefähr zwei Millimeter größer als das letzte Mal, aber egal. Datum neben die beiden neuen Striche geschrieben, Namen obendrüber.

»Das Pferd hat auf dich aufgepasst«, hat Luze dann gesagt und mich angeschaut.

Ich hab genickt. »Danke«, hab ich gesagt.

»Okay, jetzt gehen wir zu Vincent, ja?« Und weg war sie, Sachen packen und anziehen und stand zwei Minuten später schon an der Tür.

Und weil ich erst noch das Radio ausmachen musste und den Küchentisch abgeräumt hab und meine Zähne geputzt und mich angezogen, hat Luze an der Wohnungstür auf dem Boden gesessen und »Das wurde aber auch Zeit« gesagt, als ich auch fertig war.

»Schlüssel und Handy und Tablet und alles dabei?«, haben wir uns gefragt und alles hochgehalten und dann sind wir nach oben.

Luze hat den Finger einfach auf der Klingel gelassen, bis jemand drinnen gerufen hat: »IST JA GUT, ICH KOMME JA!«

Dann hat Vincents Vater aufgemacht.

Wir haben ihm »Guten Morgen, Vincents Vater!« ins Gesicht gerufen, dann sind wir an ihm vorbei zu Vincent und Tür zu.

»Hallo!«, hat Vincent gesagt und mich ganz lange angeschaut.

»Hi«, hab ich geantwortet und meine Sachen auf meinen Platz vom letzten Mal gelegt und dann Luze auf ihren Platz geschubst, sie eingeloggt und ihr gesagt, was sie machen soll. Und dann hab ich meine Kopfhörer aufgezogen und einfach meine Aufgaben gemacht.

Ich weiß, dass Vincent mich immer wieder so halb angeschaut hat, aber gesagt hat er nichts.

Nur manchmal hat Luze was gebraucht, dann hab ich ihr geholfen oder Vincent, weil der angeblich manche Sachen besser kann als ich, aber gut.

Irgendwann ist sie aufgestanden, hat uns beide angetippt und gekichert und stand da mitten im Zimmer wie ein Zirkusdirektor. In Mädchen und klein.

»Waaahaaas«, hat sie angefangen, »sagt ein großer Stift zu einem kleinen Stift?«

Wachsmalstift, hab ich gedacht.

»WACHSMALSTIFT!«, hat Luze gerufen, die Arme in die Luft geworfen und gekichert.

Dann hat sie den Witz noch mal erzählt.

Dann musste sie aufs Klo.

Und plötzlich haben Vincent und ich uns so angestarrt. Dass ich fast vergessen hab zu atmen. Dass ich dachte, so nah hat er doch eben nicht gesessen. Weil er so nah war, dass ich seine Sommersprossen hätte zählen können.

Vincent hat geblinzelt. Dann hat er Luft geholt und gefragt: »Alles okay?«

»Mmm-mmh«, hab ich gebrummt und genickt.

»Ich war gestern bei euch«, hat Vincent gesagt.

Und mehr nicht.

Ich bin gewachsen, hab ich im Kopf zu ihm gesagt.

Zwei Fingerbreit.

Aber das war es ja nicht.

»Alles okay«, hab ich also gesagt.

Da hat Vincent genickt. Und mich weiter angeschaut. Dass ich ganz weich an den Rändern geworden bin, aber dann kam Luze zurück und hat gefragt, ob wir jetzt zu Rosa gehen, oder erst zu Hotte, und hat dann die Hände vor den Mund geschlagen und ganz geheim geraunt: »Können wir Eis essen?«

»Nein«, hab ich gesagt und dass sie noch ein paar Aufgaben machen muss, bevor wir zu Rosa gehen, aber vor allem »Kein Eis heute«.

Dann haben wir noch ein bisschen gearbeitet und gelesen und Filme geguckt, jeder und jede für sich und manchmal ich mit Luze. Und dann haben wir eine Minipause gemacht, weil Luze Durst hatte, aber eigentlich wollte sie nur Eiswürfel. Mitten im Winter.

Also waren wir in der Küche und haben was getrunken.

»Hat dein Vater Angst vor uns?«, hab ich irgendwann gefragt.

Da hat Vincent einen Mundwinkel hochgezogen.

»Bestimmt«, hat er gesagt. »Ihr seid ja auch wild.«

»Ich bin ganz wild!«, hat Luze gesagt.

Dann hat sie mich fauchend angesprungen, aber ich hab mit dem Zeigefinger gewedelt, bis sie das auch gemacht hat und wir beide gesagt haben »Benehmt euch!«.

Luze hat sich zu Vincent gedreht. »Du auch!«

Und dann sind wir zu Rosa in den vierten Stock gegangen.

Wir haben geklingelt und Rosa hat fast sofort aufgemacht.

»Hallooooo!«, hat sie gesagt, mit genau so vielen os, und uns angegrinst.

»Hallohoooo!«, hat Luze gesagt. Mein Hallo hatte nur ein o und Vincent hat Hi gesagt.

»Gibt es Kuchen?«, hat Luze gefragt.

»Du magst Kuchen?«, hat Rosa gesagt. »Ich dachte, du hasst Kuchen und du isst am liebsten Grünkohl und altes Brot.«

»Neiiiin, das stimmt gar nicht«, hat Luze gesagt und gegrinst, weil sogar sie gewusst hat, dass Rosa manchmal Schmu erzählt.

»Kommt doch erst mal rein.«

Also sind wir erst mal reingekommen.

Luze hat geschnüffelt und mich gefragt, ob ich Kuchen rieche.

Ich hab nicht geantwortet.

Rosa hat eine kleine Wohnung und wohnt ganz allein.

Wir haben uns in die Küche gesetzt, in die wir alle reinpassen, obwohl die Wohnung so klein ist. Also richtig winzig.

Bei Rosa läuft auch immer Musik. Wenn ich mal erwachsen bin und allein wohne, dann läuft bei mir auch immer Musik, in jedem Zimmer, auch auf dem Klo, und immer nur Musik, die ich mag. Und immer so laut oder leise, wie ich will.

»So, was machen wir?«, hat Rosa gefragt.

Vincent hat sein Handy aufgebaut. Er hatte ein echtes kleines Stativ dabei und hat dann das Handy so gedreht, dass nur Rosa zu sehen war.

»Wollt ihr was trinken?«, hat Rosa gefragt und uns gleichzeitig schon Gläser aus dem Küchenbuffet geholt.

Ich hab meinen Zettel mit den Fragen in der Hand gehalten und geknäult. Ich weiß gar nicht, warum ich so aufgeregt war, ich hab ja nur die Fragen stellen müssen, nicht mal im Bild bin ich gewesen. Aber trotzdem. Hab auch einen ganz verkratzten Hals plötzlich bekommen und mich räuspern müssen.

Rosa hat mir ein Wasser eingeschenkt, und ich hab das sofort leer getrunken. Da ging das mit dem Kratzen wieder.

»Also ich hab Fragen und Vincent filmt«, hab ich angefangen.

»Und ich stell auch Fragen!«, hat Luze gerufen.

»Oh, warte, bevor wir anfangen, Clara! Stehen zwei im Fahrstuhl, sagt der eine: ›Ey, hast du gerade gepupst?‹ Sagt der andere: ›Na meinste, ich riech immer so?‹«

Und klar hat Luze sich schlapp gelacht, weil in dem Witz pupsen vorkam.

Vincent war mit der Handykamera beschäftigt. Irgendwann hat er auf Aufnahme gedrückt und dann auch gesagt, dass er jetzt aufnimmt.

Und Luze gleich: »Heißt du Rosa, weil du so gerne Rosa magst oder weil deine Eltern Rosa mögen?«

Kurz hab ich mich gefragt, ob jemand, der Rosa heißt, auch Rosa mag. An der Wohnung hat man das jedenfalls nicht gesehen. Die ist bunt.

Die Küche ist ritzerot. Der Flur (der ganzganzganz kleine Flur) ist apfelgrün. Und dann hat sie noch ein Schlafzimmer, das ist pflaumenlila. Und das Bad irgendwas zwischen grün und blau.

Aber kein Rosa.

Rosa hat dann aber erzählt, welche guten Rosas es gab. Berühmte Rosas. Also Frauen, die so hießen und die wichtig waren und mutig. So jedenfalls haben sich das ihre Eltern gedacht.

»Ich hab meinen Namen gar nicht leiden können, als ich klein war. Ich fand das so dämlich, wie eine Farbe zu heißen. Aber wisst ihr, was das Tollste an meinem Namen ist?«

Wir also mit den Köpfen geschüttelt.

»Dass man bei meinem Namen erst ooooo sagen muss und dann aaaaaaa!«

Und klar hat dann Luze erst mal oooo und aaaa sagen müssen und singen und kichern.

Ich hatte ja aber immer noch meinen blöden Zettel mit den Fragen in der Hand. Drauf stand:

Wo bist du geboren?

Wo hast du schon überall gewohnt?

Wann bist du in unser Haus gezogen?

Warum bist du in unser Haus gezogen?

Wo würdest du lieber wohnen als hier?

Also hab ich gewartet, bis Luze nicht mehr oooo und aaaa gesungen hat.

Und dann hab ich die erste Frage gestellt.

»Wo bist du geboren?«

Rosa hat sich rübergebeugt und sich meinen Zettel geschnappt. Dann hat sie gelacht. Und dann hat sie in die Kamera geschaut.

»Hallo Publikum! Ich bin Rosa aus dem vierten Stock! Ich bin eine Nachbarin von Luze, Clara und Vincent. Ich wohne seit ...«, dann hat sie kurz an die Decke geguckt, »seit elf Jahren hier im Haus! Da gab es dich noch gar nicht«, hat sie zu Luze gesagt.

»Ui«, hat Luze gesagt.

Und ich hab mir vorgestellt, wie klein ich da war.

»Und du hast noch gar nicht hier im Vorderhaus gewohnt«, hat sie zu mir gesagt.

»Aber du!«, dann zu Vincent.

»Ich komme aus einem klitzeklitzekleinen Dorf, das ihr nicht kennt und eure Mitschüler auch nicht. Da gab es gar nichts. Keinen Bäcker, keinen Supermarkt, nur einen Spielplatz, eine Kirche mit Friedhof und eine Telefonzelle. Und mich. Und als ich mit neunzehn fertig war mit der Schule, gab es mich da dann auch nicht mehr.«

Dann hat sie wieder auf den Zettel geschaut.

»Ach so, geboren. In der nächstgrößeren Stadt. Unwichtig. ... Ach herrje, ich mach alles durcheinander, sollen wir noch mal von vorne anfangen?« Vincent hat abgewinkt.

»Okay, liebes Publikum«, hat Rosa wieder in die Kamera gesagt und ist dabei viel zu nahe rangekommen, sodass das Bild ganz unscharf wurde.

»Dann war ich also endlich weg und dann bin ich einmal überall gewesen.«

»Echt überall? Auch am Nordpol?«, hat Luze gefragt.

»Nein, ich hab gelogen. Also nicht überall. Ich war hier und da nach dem Abi, bin ein Jahr um die Welt gereist, aber das kann man ja nicht wohnen nennen. Ich hab dann ein halbes Jahr in Portugal gelebt, da war ich Kindermädchen. Und dann bin ich wieder zurück nach Deutschland und hab ein bisschen studiert und ein bisschen gearbeitet.«

Und dann hat Rosa so viele Städte aufgezählt, dass uns fast ein bisschen schwindlig geworden ist.

»Und dann bin ich hier gelandet. Also in der Stadt. Erst bei einer Freundin, die gerade im Ausland war und deren Wohnung ich haben konnte, und die wohnte hier um die Ecke, und dann dachte ich, hier würde ich echt gern bleiben. Ich mag den Park.«

Vincent hat genickt.

»Und dann hab ich Hotte im Park kennengelernt und wir haben gequatscht und dann meinte er, dass eben diese Wohnung hier frei wäre. Das war vielleicht ein Glück. Weil ich die dann auch bekommen habe. Zack. Da bin ich.«

»Zack!«, hat Luze gesagt.

»Oh!«, hat Rosa gesagt. »Mach mal auf Pause!«, zu Vincent.

Hat er gemacht.

Rosa ist aufgesprungen und hat dann einen Teller auf den Tisch gestellt und da Kekse aus einer Dose draufgetan.

»Kein Kuchen«, hat sie zu Luze gesagt. »Schlimm, ich weiß.«

Luze hat gekichert.

»Ich weiß, du hasst Kekse!«

»Kekse sind sooo eklig!«, hat Luze gesagt.

»Danke, dass du die trotzdem aufisst, damit sie wegkommen. Ekelhafte Kekse.«

Luze hat gekichert, wir haben uns Kekse genommen und Vincent sollte die Kamera wieder anmachen.

»Also war ich hier. Und dann war alles wunderbar. Hotte und ich sind Freunde geworden, ich hab einen Job gefunden und bin im allerbesten Haus auf der ganzen Welt.«

»Echt?«, hab ich gefragt.

»Wahrscheinlich nicht, aber momentan kenne ich kein besseres.« Dann ist sie aufgestanden und hat sich einen Kaffee gemacht.

»Ihr trinkt keinen Kaffee, oder? Luze? Espresso?«

»Nein!«

Ich hab den Kopf geschüttelt und zu Vincent geschaut und mich gefragt, ob der wohl Kaffee trinkt. Der ist ja schon älter. Aber Vincent hat auf das Handy geschaut und dann mich angeguckt, als er meinen Blick gemerkt hat.

»Und wo würdest du wohnen wollen?«, hab ich Rosa gefragt und wieder zu ihr geschaut.

Rosa hat gewartet, bis das Wasser kocht, und dabei Kaffeepulver und noch ein paar Gewürze in so eine Kaffeekanne zum Runterdrücken gegeben. Dann hat sie wieder nach oben geschaut.

»Am Meer. Hawaii, obwohl das bestimmt ganz anders ist als in meiner Vorstellung. Neuseeland. Bali. Irland. Schweden. Kanada. In Wien.«

Dann hat sie geseufzt.

»Aber immer auch hier. Also in der Stadt.«

»Aber in einem anderen Haus?«

Rosa hat mit den Schultern gezuckt. »Wenn wir ein Schwimmbad hätten, dann nicht.«

Und dann fing Luze an zu überlegen, wo das Schwimmbad hinmüsste, und Rosa hat mitüberlegt, dass man ein Hallenbad im Keller haben könnte und ein Freibad im Hof, mit einer Brücke drüber, damit die aus dem Hinterhaus auch noch rauskönnen. Und eine Rutsche vom Dach bis ins Schwimmbad. Aber die Kastanie im Hof müsste stehen bleiben.

»Das wäre so cool«, hat Luze gesagt.

»Aber echt«, meinte Rosa.

Im Flur fiel etwas auf den Boden und wir haben alle hochgeschaut.

»Hast du das Pferd mitgebracht?«, hat Rosa gesagt.

»Ja«, meinte Luze.

»Nächstes Mal aber erst fragen, ja?«

»Okay.«

Dann ist Rosa in den Flur und hat eine Jacke aufgehoben, die von der Garderobe gerutscht war.

»Das waren alle Fragen auf dem Zettel«, hat Rosa dann gesagt. »Oder habt ihr noch mehr?«

Ich hab mit dem Kopf geschüttelt und Vincent wollte schon die Handykamera wieder ausschalten, da sagte Luze: »Sollen wir was reparieren?«

Rosa hat uns groß angeschaut. »Was meinst du?«

»Wenn wir wissen, was kaputt ist, dann können wir das auch wieder ganz machen. Vincent kann fast alles reparieren.«

Und erst hat Rosa gegrinst und den Kopf geschüttelt, aber dann hat sie aufgehört mit Schütteln und Lächeln. Und ist aus der Küche verschwunden.

Wir haben uns komisch angeschaut. Luze hat sich ganz langsam noch einen Keks in den Mund geschoben.

Und dann kam Rosa zurück und stand vor Vincent und hatte eine sehr kleine Kassette in der Hand.

»Hast du was, womit man das abspielen kann?«

Vincent hat die Kassette ganz vorsichtig in die Hand genommen und angeschaut und genickt.

Rosa hat sich auf die Lippen gebissen. Und dann hat sie ganz tief Luft geholt und »Hui!« gesagt.

Und dann »Ihr müsst zu Hotte!«.

Und dann hat sie uns richtig rausgescheucht aus ihrer Wohnung.

Wir standen im Flur, sie ist an uns vorbeigerannt, hat bei Hotte geklingelt, ist wieder zurück, und als Hotte die Tür aufmachte, hat sie nur noch gerufen »Hotte, übernehmen Sie!«, und zack war die Tür zu.

Hotte hat kurz die geschlossene Tür von Rosa angeguckt, dann hat er uns reingewinkt.

»Da seid ihr ja.«

Das Lustige ist, dass Hottes Wohnung genauso geschnitten

ist wie die von Rosa, nur spiegelverkehrt, also einmal am Treppenhaus gespiegelt. Komischer Gedanke.

Aber klar sieht bei Hotte trotzdem alles ganz anders aus. Nicht bunt. Der hat Filmplakate an den Wänden hängen, richtig viele.

Auch in der Küche.

Ich hab mich umgeschaut und mich gefragt, ob Nanette gerade da ist. Aber es war ganz still.

»So«, hat Hotte gesagt, weil wir immer noch im Flur gestanden haben. »Küche?«

Wir haben genickt. Also wieder in die Küche.

»Habt ihr Hunger? Ich hab Suppe gekocht.«

»Was für Suppe?«

»Gulaschsuppe.«

Luze hat mich angeschaut und ich hab mit dem Kopf geschüttelt.

»Esst ihr nicht?«, hat Hotte gefragt.

»Nee, sorry«, hab ich gesagt. Und Luze gleich: »Weil da Tier drin ist. Clara und ich essen keine Tiere. Weil Tiere lieb sind.«

»Und lecker«, hat Hotte gesagt und gelacht, aber dann hat er Luzes Gesicht gesehen und aufgehört zu lachen.

»Ein Brot vielleicht? Käse?«

»Hast du auch Äpfel?«, hat Luze gefragt.

»Äh ja, also du willst einen Apfel?«

»Und ein Käsebrot.«

Da hab ich Luze einen Tritt ans Schienbein gegeben »Bitte!«, hat sie laut gesagt.

Dann hat Hotte also auf seinem Küchentisch, der ein ganz anderer Küchentisch ist als der von Rosa, erst ein paar Frühstücksbrettchen und Messer und Gläser ausgeteilt. Dann hat er Sachen aus dem Kühlschrank geholt, und kurz hat es in der Küche wie im Kühlschrank gerochen.

»Also keine Wurst«, hat er gemurmelt.

»Nein, ihh, danke, keine Wurst, bitte, danke!«, hat Luze gerufen.

Und dann, als alles auf dem Tisch stand, so eine Brotzeit, da haben wir alle Danke gesagt. Und dann haben wir alle gegessen, weil »Is ja auch Mittag«, hat Hotte gesagt und zu einer Uhr gezeigt, die in seiner Küche über der Küchentür hing und laut ticktackte. Als er gesehen hat, dass Luze ihr Käsebrot mit Apfel isst, musste er das auch ausprobieren. Fand er gar nicht schlecht.

Dann waren wir fertig, aber Hotte hat nicht abgeräumt. Fand ich komisch. Macht man bei uns zu Hause immer gleich, wenn man fertig ist mit Essen.

Ich also: »Soll ich abräumen?«

Und Hotte: »Nee, lass mal, vielleicht wollen wir noch weiter essen und wissen es nur noch nicht.«

Also hat Vincent wieder sein Handy auf dem Stativ aufgebaut und Hotte hat in die Kamera geguckt und Grimassen gezogen und dann meinte Vincent: »Okay, läuft.«

Und dann ist mir erst aufgefallen, dass der Zettel mit den Fragen noch drüben bei Rosa lag.

Also hab ich erst mal gestammelt und dann gefragt:

»Wo kommst du her?«

»Hierher?«, hat Hotte gesagt.

»Aus dem Haus?«, hat Luze gesagt.

»Nee, aber ich hab schon immer hier in der Stadt gewohnt. Bin ein richtiger, waschechter ...«

»Du hast nie, nie, nie woanders gewohnt?«

Da hat Hotte nur mit dem Kopf geschüttelt.

»Okay«, hab ich gesagt. »Und seit wann und warum wohnst du hier im Haus?«

»Seit ewig. Hab 'ne Wohnung gesucht, hab in der Zeitung nachgeschaut, da stand die hier drin, hab die Wohnung angeschaut und genommen. Feddich ist die Laube.«

»Welche Laube?«, hat Luze gefragt.

»Das sagt man so«, hab ich geantwortet.

»Okay«, hat Luze gesagt.

»Und wo würdest du wohnen wollen, wenn nicht hier?«

»Wo in der Stadt?«

»Nee, wo auf der Welt. Oder in Deutschland oder so.«

Und dann hat Hotte vor sich hin gestarrt, so halb auf die Tischplatte, halb auf den Boden, dann hat er so geguckt. Und manchmal gelächelt, aber dann wieder den Kopf geschüttelt.

Bestimmt eine Minute lang. Aber angefühlt hat es sich wie eine halbe Stunde. Bis er irgendwann »Weiß nicht« gesagt hat.

Vincent und ich haben uns angeschaut. Vincent hat ganz leicht mit den Schultern gezuckt und ich hab gedacht, dass es doch eh egal ist, weil das ja nur ein ausgedachtes Projekt ist, dass es ja nicht mal um Noten oder so geht.

Also wirklich völlig egal. Die hätten uns auch nur Unfug erzählen können.

»Wo ist Nanette?«, hat Luze plötzlich gefragt.

»Zu Haus.« Hotte hat einen Fleck auf der Tischplatte entdeckt und mit seinem Daumennagel dran rumgepiddelt.

»Warum wohnt sie nicht hier?« (Luze, Mann!, hab ich gedacht.)

»Weil sie ihre Wohnung lieber mag als meine.« Der Fleck war echt hartnäckig.

»Warum wohnst du nicht bei ihr?« Da wollte ich Luze noch mal gegen das Schienbein treten.

»Weil ich doch hier wohne!« Hotte ist ein bisschen laut geworden, als er das gesagt hat.

Dann haben wir alle erst mal nichts mehr gesagt und nur die Uhr über der Tür hat ganz laut getickt, dass ich schon fast einen Finger an die Lippen legen und Scht sagen wollte.

Dann hat Hotte geseufzt und ich hab gedacht, ach je, bei dem muss auch was repariert werden. Aber welches Werkzeug man dafür braucht, hab ich nicht gewusst.

Luze ist aufgestanden und hat Hotte über den Kopf gestreichelt. Dann hat sie ihm einen Apfelschnitz in den Mund geschoben, dann uns angeschaut und gesagt: »Fertig!«

Hotte hat uns angeguckt und gefragt, ob das schon alles war.

Ich hab mit den Schultern gezuckt und gesagt: »Joah, waren alle Fragen.«

»Echt? Mehr nicht?«

Wieder Schulterzucken. Nicht mal Luze wollte mehr fragen, sie hat schon an der Wohnungstür gestanden. Wir haben also unsere Sachen gepackt und sind in den Flur gegangen.

Dann hat mich Hotte in die Schulter geschubst.

»Clara! Wie heißt ein weißes Mammut?«

»Hellmut«, hab ich gesagt und Hotte hat gelacht.

Und dann standen wir im Hausflur und zwischen den Wohnungen von Hotte und Rosa war die Wohnung von den Nachbarn, mit denen wir nicht reden sollten. Hatte Mama ja gesagt.

Vor der Tür ist Luze stehen geblieben und hat erst die Tür angestarrt und dann auf das Klingelschild neben der Tür.

Sie hat die Augen zusammengekniffen und lautlos die Lippen bewegt.

Dann hat sie mich angeschaut.

Dann hab ich ihr den Namen vorgelesen. Der war mit Hand geschrieben und sehr krakelig. »Ist schwer zu lesen«, hab ich zu Luze gesagt. Da hat sie geschnauft und genickt und bevor ich was sagen konnte, hat sie auf die Klingel gedrückt.

»Luze!«

Aber da waren hinter der Tür auch schon Schritte zu hören und dann ging die Tür auf und eine Frau schaute uns an, einen nach dem anderen.

Luze ist gleich nach vorne, hat der Frau ihre Hand hingehalten und gesagt: »Hallo, ich bin Luze Jasny aus dem ersten Stock, das hier ist meine Schwester Clara Albert, die wohnt auch im ersten Stock, und das ist Vincent, der wohnt nicht bei uns, der wohnt im zweiten und wir machen ein Projekt über das Haus und filmen und stellen Fragen und dann wird das ein Film. Magst du mitmachen?«

Und ich hab Luze angeschubst und »SIE!« gezischt.

»Mögen SIE mitmachen?«, hat Luze also gesagt.

Und dann haben wir jemanden fluchen gehört und die Frau hat sich umgedreht. Dann kam ein lautes Poltern und dann ein Schrei und die Frau ist in die Wohnung gerannt und wir hinterher.

Dann waren wir in einem Wohnzimmer und da lag jemand unter vielen Brettern wie ein Käfer auf dem Rücken. Vincent ist gleich hin und hat Bretter von dem Käfermann runtergenommen und ihm die Hand hingehalten, als endlich nichts mehr auf ihm drauflag, während die Frau nur »Ohgottohgott, Schatz, bist du in Ordnung?« gerufen hat.

Aber der Mann hat einfach die Hand von Vincent genommen und sich hochziehen lassen.

Dann hat er geflucht und Luze hat gekichert, weil der Mann gut fluchen konnte.

Vincent hat sich auf den Boden gesetzt und angefangen die Bauanleitung, die da rumlag, durchzusehen.

Die Frau hat eine Sekunde wortlos vor ihrem Mann gestanden und dann hat sie angefangen zu schimpfen.

»Ich hab dir doch gesagt, du sollst das nicht alleine machen, dass ich dir helfe, verdammt noch mal, alles musst du immer alleine machen, und schau, was passiert! Du kannst von Glück reden, dass dir nichts passiert ist, hörst du? Wenn dir was passiert wäre, ich hätte, ...!«

Die Fäuste hat sie geballt. Der Mann hat sich den Nacken gekratzt und gesagt: »Das bisschen Regal.«

Luze hatte sich schon neben Vincent auf den Boden gesetzt und mir ist eingefallen, dass die Wohnungstür noch offen stand, also bin ich zurück in den Flur und hab sie zugemacht. Als ich zurückkam, hat Luze schon angefangen Schrauben und Muttern und den ganzen Kleinkram, den man so braucht, zu sortieren. Und Vincent hat die Bretter nach Größe geordnet.

Die Frau hat noch ein bisschen gegrummelt. Dann hat der Mann sie gefragt:

»Wer sind die drei?«

»Das sind ... Nachbarskinder«, hat sie gesagt.

»Aha. Und was wollen die?«

Die Frau hat uns angeschaut, als würde sie uns jetzt erst richtig sehen, dann hat sie gesagt: »Was wolltet ihr noch mal? Und warum seid ihr nicht in der Schule?«

Also hab ich geantwortet: »Luze, Vincent, Clara, Film übers Haus und weil's zu kalt ist.«

»Aha.«

Vincent hat da schon angefangen Sachen zusammenzuschrauben.

»Junge, lass das, du kannst doch nicht einfach ...«, hat der Mann angefangen, aber da hat Luze ihn unterbrochen und gesagt: »Vincent kann das. Der macht das total gut, Sachen bauen und reparieren.«

Und gerade, als ich gedacht habe, dass ich da steh wie bestellt und nicht abgeholt, hat Vincent gesagt »Cara, halt mal hier fest« und mir ein Brett zum Halten gegeben.

Die beiden Nachbarn standen einfach da und haben uns nur angeschaut.

Vincent hat ihnen gesagt, was sie machen sollen.

Und dann ging das alles ganz schnell. Und dann hatten wir ein echtes Bücherregal zusammengebaut.

Der Mann und Vincent haben es noch an seinen Platz geschoben. Dann hat Vincent gesagt, dass er das lieber noch an die Wand bohren würde, damit es auch ja nicht umfällt.

»Haben Sie eine Bohrmaschine und Dübel?«

»Äh«, hat der Mann gesagt.

»Macht nichts, hol ich gleich.« Und schon war Vincent weg und kam wenig später mit einer Bohrmaschine und Schrauben und Dübeln zurück.

Und irgendwann stand das Regal.

Dann ist mir erst aufgefallen, wie viele Bücher da in Stapeln rumstanden und -lagen.

So. Viele. Bücher. Ich hab vor lauter Büchern Herzchen in den Augen bekommen, bin ich mir ganz sicher.

»Danke«, hat der Mann gesagt.

Dann ist Luze auf ihn zugegangen und hat ihm die Hand hingehalten. »Ich bin Luze.«

Der Mann hat ihre Hand genommen und gesagt, dass er Johann heißt.

Luze hat mich angeschaut und meinte: »Darf ich dann jetzt Du sagen, wenn ich Johann sagen darf?«

Ich hab mit den Schultern gezuckt.

»Annelie, können wir den Kindern was anbieten?«, hat Johann gefragt. Sie hat ihn groß angeguckt. Also ist er selbst losgegangen und hat gesagt: »Ich schau mal.«

Die Frau hat sich neben einen Bücherstapel gekniet und angefangen die Bücher einzuräumen.

»Darf ich helfen?«, hab ich gefragt.

»Wenn du unbedingt willst.«

Hat sie ja nicht wissen können, dass ich einfach nur sehen wollte, welche Bücher sie so haben. Also hab ich mir die Stapel angeschaut, und die waren sogar schon vorsortiert, nach Nachnamen, das mag ich.

Dann kam Johann wieder und hatte ein Tablett mit Gläsern und einer Schale mit Nüsschen in der Hand und unter dem Arm eine Flasche Limo.

Das hat er alles auf einen kleinen Tisch gestellt, der neben einem Sofa stand.

Auf das hat er sich gesetzt, seiner Frau zugeschaut, wie sie

Bücher eingeräumt hat, und dann hat er uns angeschaut und meinte: »Warum seid ihr noch mal hier?«

»Wir machen einen Film!«, hat Luze gerufen.

»Ein Projekt. Über unser Haus«, hat Vincent gesagt.

Ich hab gerade Bücher mit M gefunden und zum Regal getragen und gedacht, dass das ja immer noch Schmu ist, und mich gefragt, ob Luze und Vincent das schon vergessen haben.

»Wir stellen Fragen und du antwortest und du auch und Vincent filmt das auf seinem Handy.«

»Was für Fragen?«

Und weil ich für die Fragen verantwortlich war, hab ich sie schnell runtergerasselt: »Seit wann wohnen Sie hier, woher kommen Sie, wo haben Sie schon überall gewohnt, warum wohnen Sie hier im Haus, wo würden Sie sonst gerne wohnen. Aber Sie müssen auch nicht mitmachen, wenn Sie nicht wollen.«

»Doch!«, hat Luze gesagt.

»Nein!«, hab ich gesagt und wollte Luze schon dran erinnern, dass wir uns das Projekt nur ausgedacht haben. Aber nicht vor den Erwachsenen.

»Annelie, wollen wir?«

Aber die hat ja mit mir Bücher einsortiert.

»Mach, was du willst«, hat sie gesagt.

Der Mann hat leise gelacht.

Also hat Vincent sein Handy wieder aufgebaut und angefangen Johann zu filmen.

»Fangen wir an?«, hat der gefragt. Vincent hat die Kamera angeschaut und genickt.

Ich hab vom Bücherregal aus gerufen: »Wo sind Sie geboren oder wo kommen Sie her?«

»Polen«, hat Johann gesagt.

»Wie mein Papa!«, hat Luze gekiekst.

»Aber ich war ganz klein, als wir weg sind aus Polen. Annelie kommt aus Bayern.«

»Mpf«, hat die gemacht.

»Und ich eigentlich auch.«

»Wo haben Sie schon überall gewohnt?«, hab ich gefragt, aber dann hat Vincent mich unterbrochen.

»Wo haben Sie sich denn kennengelernt?«

Da war es erst mal still. Ich hab mich umgeschaut, zu Johann, der hat seine Frau ganz ruhig und lächelnd angeschaut. Also ihren Rücken. Weil sie ja weiter Bücher eingeräumt hat.

»Wir waren auf derselben Schule und hatten denselben Schulweg.«

»Clara!«, hat Luze gerufen und ich hab sie angefahren: »Luze, lass ihn doch mal ausreden!«

Aber angeschaut hab ich sie nicht mehr, weil mir die Wangen so geglüht haben, dass ich nur noch das Regal anschauen konnte.

»Und dann haben wir uns verliebt«, da hat Annelie ein bisschen geschnauft, »und dann sind wir ... ach, das ist so eine lange, lange Geschichte. Wollt ihr das wirklich alles hören?«

Luze hat laut »JAA!« geschrien, während Annelie »Johann, langweile die Kinder nicht, die haben echt Besseres zu tun« gesagt hat. Hat die 'ne Ahnung, hab ich gedacht.

Auf jeden Fall kam dann so eine lange und tolle und spannende Geschichte, dass wir irgendwann zu dritt vor Johann saßen und ihn angestarrt haben. Ich kann das gar nicht nacherzählen. Da würde ein ganzes Buch rauskommen. So ein dickes. Mit festem Einband. Und Lesebändchen.

Ich hab mich jedenfalls gewundert, dass das Handy so viel aufnehmen kann. Hat es aber.

Und dann war Johann fertig und meinte: »So war das. Ungefähr.«

»Wow!«, hat Luze gesagt. Und Vincent hat sehr laut ausgeatmet.

Und dann haben wir erst mal dagesessen und geschwiegen und hatten die Köpfe voll mit der Geschichte.

Da wollte ich nicht mehr fragen »Und seit wann wohnen Sie in diesem Haus?«, und alle anderen Fragen waren so … blöd. So dämlich. So superlangweilig.

Unpassend. Was weiß ich.

In mir hat die ganze lange Geschichte nachgehallt. Ich hab mich gefühlt, als wäre ich gerade aus dem Kino gekommen, nach einem langen Film, da muss man sich ja auch erst mal die Augen reiben und sich erinnern, dass man ja in echt ganz woanders ist.

Johann hat seine Hand ausgestreckt und »Komm mal her« gesagt. Und Annelie kam und hat seine Hand genommen, dann hat er sie zu sich aufs Sofa gezogen und den Arm um sie gelegt.

Fast hätte ich geseufzt.

Draußen ist es fast schon wieder dunkel geworden. Die Flasche Limo war leer, die Nüsschen eh, und das Bücherregal auch eingeräumt.

Johann und Annelie haben auf dem Sofa nebeneinandergesessen, sie hatte eine Hand auf seinem Knie und er den Arm um ihre Schulter, die andere Hand auf ihrer.

So, hab ich gedacht. Das.

Und hab neben mir Vincent sitzen gehabt und gedacht, bitte das.

»Müsst ihr nicht langsam nach Hause?«, hat Annelie dann gefragt.

»Annelie! Jetzt sei mal nicht so gastunfreundlich!«

»Schatz, es ist fast dunkel und die Kinder haben Eltern, die sich bestimmt Sorgen machen und nicht wissen, wo sie sind!«

Von wegen, hab ich gedacht.

»Können wir wiederkommen?«, hat Luze gefragt und ich hab das Bücherregal angeschaut und gedacht bitte, bitte, sag ja.

Johann hat genickt und als Annelie was sagen wollte, hat er ihr über die Schulter gestreichelt und gesagt: »Das war doch schön, oder?«

Beide haben uns zur Wohnungstür gebracht und dann standen wir draußen.

»Gehen wir zu dir oder zu uns?«, hab ich Vincent gefragt.

»Zu euch«, hat er gesagt.

Also haben wir das gemacht.

War noch keiner da. An der Klinke von der Wohnungstür hing in einer Serviette ein Muffin und ein kleines Krikelkrakelbild, auf dem »Für Luze von Emmchen« stand.

Ich hab die Tür aufgesperrt und wir sind in unser Zimmer.

Luze hat sich an ihren Schreibtisch gesetzt, hat das Bild von Emmchen an die Wand geklebt und dann angefangen ein Herz auszuschneiden.

»Aber warum«, hab ich gesagt und die Decke angestarrt (weil ich auf meinem Bett gelegen habe), »warum hat Mama gesagt, dass wir nicht zu Johann und Annelie gehen sollen?«

Vincent hat vor meinem Bett gesessen und erst nichts gesagt.

»Erwachsene eben«, meinte er.

Da hab ich genickt.

Luze hat auf das Herz noch Glitzerkleber draufgekringelt und dann »Für Emmchen von Luze« draufgeschrieben. Ganz allein. Ohne zu fragen. Erst als sie fertig war, hat sie es mir hingehalten und gefragt: »Ist das richtig?«

»Jawoll«, hab ich gesagt.

Luze ist dann rüber, um Emmchen das Herz zu geben.

Und ich hab dagelegen und mich gefragt, was wohl auf der kleinen Kassette von Rosa ist und warum Hotte und Nanette nicht zusammen wohnen können. Und warum Mama Johann und Annelie nicht leiden kann.

»Ich wünschte, wir könnten alles sofort gutmachen.«

»Mm-mmh«, hat Vincent laut genickt.

Und ich hab gedacht, ich würde, ich würde.

Ich würde machen, dass Vincent endlich wieder lachen kann.

Und als hätte der seinen Namen in meinem Kopf gehört, ist er plötzlich aufgesprungen und meinte: »Ich geh hoch. Ich muss das ja noch alles auf meinen Laptop ziehen. Die Videos mein ich.«

»Okay«, hab ich gesagt und gedacht, haben die denn alle vergessen, dass wir uns das Projekt nur ausgedacht haben?

»Bis morgen, ja?«, hat Vincent gesagt und wieder über mir gestanden und ich hätte so gerne gehabt, dass er mich anlächelt, aber da war so eine Knautschfalte zwischen seinen Brauen, die hätte man erst wegbügeln müssen.

Ich hab mich aufgesetzt, aber da war er schon an der Tür und hat nur die Hand gehoben und dann war er weg.

Luze war noch drüben bei Emmchen und Manja. Und draußen ist die Nacht über unsere Straße gefallen, wie ein schweres Tuch.

Und dann bin ich wohl eingeschlafen.

Als ich wach geworden bin, war unser Zimmer dunkel, aber im Flur war Licht und draußen Stimmen. Also bin ich raus und in die Küche, da waren Gregor und Mama und Luze.

Ich hab mich auf meinen Stuhl gesetzt und mir die Augen gerieben.

»Na, langen Tag gehabt?«, hat Gregor gesagt.

»Wir haben ganz viel gefilmt!!!«, hat Luze gesagt.

»Das ist nett. Habt ihr auch eure Aufgaben erledigt?«, hat Mama gesagt.

»Ja«, hab ich geantwortet.

»Wir müssen noch ganz viel reparieren!«, hat Luze gesagt.

Gregor hat gebrummt und auf sein Handy geschaut.

Dann ist er aufgestanden und hat den Deckel von einem Topf genommen und reingeschaut.

»Und dann haben wir soooo eine lange Geschichte gehört, das wird so ein langer Film, wie im Kino! Wie ein Märchen!«, hat Luze gesagt.

»Clara, kannst du morgen Wäsche machen?«, hat Mama gefragt. Gregor hat Nudeln abgegossen und sie dann wieder in den Topf zurückgeschüttet. Pesto drauf. Umgerührt. Topf auf den Tisch.

»Feddich ist die Laube«, hab ich gesagt und Luze hat gekichert.

»Was'n für 'ne Laube?«, hat Gregor gefragt.

»Das sagt man so«, hat Luze gesagt. »Und wir haben ein Regal gebaut und ich hab gebohrt! In die Wand rein!«, hat Luze gesagt.

»Gregor, denkst du bitte dran, dass wir noch einen Termin mit Schmidts ausmachen müssen wegen der ...«

»Mama!«, hat Luze gerufen.

»Was denn?«

»Du hast mich unterbrochen! Das macht man nicht! Alle dürfen ausreden!«

Die hat doch nicht mal zugehört, hab ich gedacht.

»Was denn?«, hat Mama gefragt.

»Luze hat ein Loch in eine Wand gebohrt«, hab ich gesagt.

Mama hat sich verwirrt umgeguckt und dann »Wo? In welche Wand?« gefragt.

»Nicht hier. Bei Johann und Annelie.«

»Wer ist das denn?«

»Viertes OG Mitte«, hab ich gesagt.

»Bei denen wart ihr? Ich hab euch doch gesagt, dass ihr das nicht machen sollt.«

»Aber warum denn?«, hab ich gefragt.

»Wir kennen die doch gar nicht.«

»Das sind jetzt unsere Freunde!«, hat Luze gesagt. »Wir haben denen ein Regal gebaut.«

»Clara, ihr könnt doch nicht einfach …!«

»Es ist ja nichts Schlimmes passiert«, hab ich gesagt und endlich angefangen Nudeln mit Pesto auf die Teller zu geben.

»Die waren nett. Echt.« Dann hab ich Luze ihren Teller hingestellt. Luze hat genickt und mit der Gabel Nudeln aufgespießt.

»Aber!«, hat Gregor gesagt.

»Johann und Annelie heißen die, Papa! Und Johann kommt auch aus Polen! Wie du!«, hat Luze gesagt.

Mama und Gregor haben sich nur noch angeschaut und dann hab ich ihnen einfach ihre Teller vor die Nase gestellt und »Guten Appetit« gesagt.

14

Irgendwann hab ich übrigens auch gar nicht mehr gewusst, was für ein Tag ist. Nur, dass es eben unter der Woche war, weil ich Schulkram machen musste.

»Was ist heute?«, hab ich Mama beim Frühstück gefragt.

»Dienstag. Es ist Dienstag, Clärchen! Guten Morgen!«

Draußen war es immer noch bitter-, bitterkalt und den Nachrichten wollte man gar nicht mehr zuhören.

»Clara, aufpassen«, hat Mama gesagt, »guck mich an!«

Ich hab sie angeguckt und dann hat sie aufgezählt: »Erst geht ihr zu Kurt. Der hat diese Woche eh seine Kinder. Und dann am Nachmittag so ab drei sollt ihr zu Tatiana. Und wenn wir danach noch nicht daheim sind, dann geht ihr zu Vincent oder wieder zu Kurt oder ...« Und dann hat sie mit der Hand durch die Luft gewischt. Gestern war das doch auch egal, hab ich gedacht.

»Wir gehen schon nicht mehr verloren«, hab ich gesagt.

Mama hat mich nur mit hochgezogenen Augenbrauen angeschaut.

»Echt«, hab ich gesagt.

»Mamilein!«, hat Luze gesäuselt und sich an Mama gehängt, die schon längst ihre Jacke anhatte. Da hat sie sich noch mal hingesetzt und Luze in den Arm genommen und gedrückt. »Luzelchen«, hat Mama ganz leise gesagt und sie hin und her gewiegt wie ein Baby.

Manchmal wäre ich auch gerne wieder sehr klein.

Aber Mama musste zur Arbeit. Gregor war schon weg und dann saßen Luze und ich in Schlafanzügen noch am Frühstückstisch und haben gegessen und getrödelt.

Und noch ein bisschen gegessen. Und dann haben wir uns so langsam wie möglich die Zähne geputzt, die Gesichter gewaschen, die Haare gebürstet. Wie Stoppessen, aber ohne Essen und nur mit Zeitlupe.

Und als wir fertig waren und unsere Sachen gepackt hatten, da hat Luze gesagt: »Wir waren sooo langsam, jetzt ist es bestimmt schon Mittag!«

War es aber gar nicht.

Erst sind wir ein Stockwerk höher und Vincent war auch noch da, dann sind wir zusammen in den dritten.

Ich hab erst mal Luft geholt, bevor wir geklingelt haben.

Kurt hat zwei Kinder. Jungs. Luca und Jannis. Die sind Zwillinge. Und ein Jahr älter als Luze, also in der zweiten Klasse.

Und wir haben sie schon im Flur gehört.

Dann ging die Tür auf.

»Hallo, da seid ihr ja!«, hat Kurt gesagt und sah ganz ungekämmt aus. Und nicht mit Absicht wie Rosa zum Beispiel.

»Kommt rein.«

Wir sind rein und Kurt ist mit uns erst mal in die Wohnküche, wo die so einen schönen großen Tisch haben. Da waren Luca und Jannis.

»Hallo!«, hat Luze gesagt.

»Halloooo!«, hat Luca sie nachgeäfft.

»Luca!«, hat Kurt gesagt.

Dann hab ich verstanden, warum Kurt so ungekämmt aussieht.

Kurt hat sich zu uns umgedreht und gefragt: »Habt ihr schon gefrühstückt?«

Wir haben genickt.

»Jaaaa, dann«, hat Kurt gesagt. »Vielleicht wollt ihr dann erst mal Schule machen? Ich … warte …« und dann ist er zu einer Schublade am Küchenschrank gegangen und hat drin rumgewühlt. Irgendwann kam er zurück und hat uns einen Zettel mit den WLAN-Zugangsdaten gegeben.

»Wollt ihr vielleicht in mein Zimmer? Da ist es ruhiger.«

Ich hab gleich genickt und Vincent auch, aber Luze stand da wie hypnotisiert und starrte Luca und Jannis an.

»Luze, Luca und Jannis brauchen noch ein bisschen, vielleicht gehst du erst mal mit Clara und Vincent mit? Später könnt ihr ja miteinander spielen, ja?«

Ganz langsam hat Luze genickt und die Jungs weiter angestarrt, als wären sie aus Gold oder Kuchen oder Welpen.

Dann hat uns Kurt in sein Zimmer gebracht, was auch sein Büro ist. Da war auch ein Tisch, an den haben Luze und ich drangepasst, und Vincent hat sich einfach in den Sessel gesetzt, der in einer Ecke stand.

»Geht das so?«, hat Kurt gefragt.

Ich hab einen Daumen hochgehalten und Vincent hat nur genickt.

»Danke, lieber Kurt!«, hat Luze gesagt. Weil sie nämlich selbst aus Gold ist.

Und deswegen hat Kurt auch mal kurz gelächelt.

Dann hat er die Tür zugemacht und es wurde ruhiger.

»Luze!«, hab ich gesagt. »Warum haben Giraffen so 'nen langen Hals?«

Da hat sie mich angeschaut, gegrinst und schon leicht gekichert. »Weil, weil, weil … Ich weiß nicht!«

»Na, weil ihr Kopf so weit oben ist!«

Luze also hihihihi und »Weil ihr Kopf so weit oben ist« und Kichererbse.

Ich hab mal zu Vincent rübergeschielt, aber der hatte schon wieder Kopfhörer auf und hat gar nichts gehört.

Und dann haben wir Schule gemacht. Das war so komisch, hab ich irgendwann gedacht, als ich hochgeschaut hab und in den Hof geguckt, so komisch, dass wir das jetzt einfach so gemacht haben. Dass das so normal war. Und das hab ich dann auch zu Vincent gesagt, weil der mich angeschaut hat und die Kopfhörer runtergezogen hat.

»Komisch, oder?«, hab ich gesagt und gedacht, vielleicht lacht der mich jetzt aus. Aber Vincent hat nur genickt und leise »Ja, stimmt« gesagt und mich noch ein bisschen angeschaut. Aber wir haben dann beide nicht gewusst, was wir sagen sollen, und draußen hat was gescheppert und wir sind alle, auch Luze, zusammengezuckt, und ich war froh, dass wir hier in Kurts Zimmer sein konnten.

Der hat irgendwann den Kopf zur Tür reingesteckt und gefragt: »Ist alles okay? Ihr könnt auch gerne an den großen Tisch kommen, wenn ihr wollt, die Jungs sind jetzt in ihrem Zimmer.«

Aber wir haben nur mit dem Kopf geschüttelt.

»Okay. Dann setz ich mich da hin. Und wenn ihr Hunger oder Durst habt, kommt ihr einfach, ich hab lecker eingekauft!« Und da haben seine Augen richtig geleuchtet.

Als die Tür wieder zu war, hat sich Luze zu mir gedreht und gesagt: »Essen wir heute hier zu Mittag?«

»Ja, denk schon«, hab ich geantwortet.

Und dann haben Luzes Augen genauso angefangen zu leuchten.

»Vielleicht gibt es Pizza!«

Wenn Kurt nämlich Geburtstag hat, dann ist das ganze Haus eingeladen und es gibt Pizza für alle und die ist richtig gut. Also so RICHTIG gut.

Und dann hat er mal zu einem anderen Geburtstag oder so einen Schokoladenkuchen mitgebracht, der war wie eine Torte.

Und dann bringt er manchmal auch komische Sachen zu essen mit. Algenchips zum Beispiel. Oder Mochis. Oder komisch gewürzte Nüsse oder Schokolade. Und er lässt uns immer probieren.

So was gibt es bei uns zu Hause nämlich gar nicht.

Und dann hab ich gemerkt, dass Luze unruhig geworden ist und gar nicht mehr aufgepasst hat und hin und her geruckelt ist, dass ich gesagt habe: »Haste Hummeln im Hintern?« Da hat Luze angefangen zu summen und brummen, weil sie ja eben Hummeln im Hintern hatte.

Also hab ich gesagt, dass wir wohl eine Pause machen müssen.

Vincent hat hochgeguckt. »Pause?«, hab ich gesagt und er ist mitgekommen in die Küche. Die eben Küche und Wohnzimmer in einem ist.

Und da war Kurt an seinem Laptop und hat ganz ernst geguckt und getippt und Sachen gemacht, bis er uns bemerkt hat.

»Ah, Pause?«

»Stören wir?«, hab ich gefragt.

»Ach was. Pause ist gut. Hunger? Durst?«

Und dann hat er einfach angefangen Sachen auf dem Tisch aufzubauen und zu erzählen, was er da gekauft hat, und Brot gab es und komisches Obst, das hat er aufgeschnitten und uns gezeigt, wie man das isst.

Luze hat immer wieder in Richtung Kinderzimmer geguckt.

»Wollen Jannis und Luca nichts davon?«

»Die essen das nicht«, hat er gesagt.

»Echt nicht?«

»Nee. Die probieren das nicht mal.« Und dann hat er geguckt wie ein zerknäultes Taschentuch, bis ich gesagt hab: »Mehr für uns!«

Und das war ganz schön, aber dann ging eben doch irgendwann die Kinderzimmertür auf und Jannis und Luca kamen raus. »Papa, wir haben Hunger!«

Als sie dann bei uns in der Küche standen und gesehen haben, was wir so essen, haben sie die Nasen verzogen. »Iiiih, das esst ihr?«

»Jaaa?«, hat Luze mit vollem Mund gesagt.

»Ist lecker!«, hab ich gesagt und ihnen ein bisschen Kaki hingehalten.

»Nee! Das ist eklig!«

»Das weißt du doch gar nicht!«, hat Kurt geschimpft. »Du hast das doch noch nie gegessen!«

»Das weiß ich auch so. Ich will ein Salamibrot!«, hat Luca gesagt und Jannis: »Ich auch!«

Kurt hat ihnen dann Brote geschmiert. Die haben die beiden eingeatmet, so schnell waren die weg, und uns die ganze Zeit gesagt, wie eklig alles andere auf dem Tisch ist.

Als Jannis dann irgendwann gesagt hat »Ich muss gleich kotzen, so eklig ist das!«, ist Kurt laut geworden und hat die beiden in ihr Zimmer geschickt. Als die weg waren, hat er erst abgewartet, sich dann wieder zu uns gesetzt und leise gesagt: »Und was die beiden nicht wissen, ist, dass sie gerade vegetarische Salami gegessen haben!«

Luze hat gelacht. Ich auch.

»Ihr wollt ein Video machen?«, hat Kurt dann gesagt.

»Ja, aber nur ganz kurz. Und nur, wenn du magst. Du musst nicht«, hab ich gesagt.

»Klar mach ich mit! Ist für die Schule, oder?«

»Mmh-mmh«, hab ich gemacht.

»Also, wollt ihr das jetzt machen?«

Ich hab zum Kinderzimmer geschaut.

»Die sind jetzt ruhig«, hat Kurt gesagt.

Ich hab Vincent angeguckt. Der hat mit den Schultern gezuckt, ist aber dabei schon aufgestanden und hat gesagt, dass er mal sein Handy holt.

Das hat er gemacht, alles aufgebaut und dann hat uns Kurt angeguckt.

Und weil es nicht anders ging, bin ich um den Tisch rum zu

Kurt, »Tschuldigung, ich mach nur mal kurz« und hab ihm ein bisschen die Haare wieder glatt gemacht mit den Händen.

»Oh!«, hat Kurt gesagt und ich glaub, ich bin ein bisschen rot geworden.

Aber dann hat Vincent schon gesagt »Okay, läuft« und Luze hat Kurt zugeflüstert: »DAS HEISST, DASS DAS VIDEO AUFNIMMT NÄMLICH!«

Kurt hat genickt.

»Okay. Wo bist du denn geboren und aufgewachsen?«, hab ich gefragt.

»Ich bin tatsächlich hier geboren, aber dann sind meine Eltern relativ bald mit mir und meinem Bruder weggezogen. Nach Frankreich. Und dann in die Staaten. Und dann waren wir in Schweden. Und mein Abi hab ich in Japan gemacht.«

Und dann hat er uns angestarrt, weil wir da wohl mit offenen Mündern gesessen haben, und hat gesagt: »War wegen meinem Vater. Der musste beruflich ..., egal.«

»Hammer«, hat Vincent gesagt.

»Manchmal«, hat Kurt gesagt.

»Und dann?«, hab ich gefragt.

»Dann sind meine Eltern weitergezogen und ich bin zurück nach Deutschland zum Studium. Und dann nach dem Studium bin ich wieder hier gelandet, weil ich hier nie wirklich war. Ich wollte eigentlich nur ein Praktikum machen, aber dann hab ich die Mutter von Jannis und Luca kennengelernt. Und dann bin ich geblieben.«

»Und wann bist du ins Haus gezogen und warum?«

»Vor fünf Jahren. Weil wir uns getrennt haben.«

Luze, frag jetzt nicht nach, hab ich gedacht. Und vielleicht hat sie das sogar gehört. Sie hat nur ihr Kinn auf ihre Hände gelegt und Kurt angeschaut und ganz leise geseufzt.

»Und warum hier?«, hab ich gefragt.

»Wegen deiner Mutter!«, hat Kurt gesagt, aber nicht mich gemeint, sondern Vincent.

»Was?«, hat Vincent gesagt.

»Ja! wir kannten uns aus dem Studium und dann sind wir uns irgendwann wieder über den Weg gelaufen und haben lose Kontakt gehalten, über Facebook und so. Und als ich da geschrieben hab, dass ich eine Wohnung suche, hat sie mir von der hier erzählt.«

»Feddich ist die Laube!«, hat Luze gesagt.

»Genau«, hat Kurt gesagt und uns angegrinst.

»Mh«, hat Vincent ganz leise gemacht.

»Und wo würdest du gerne noch wohnen?«

»An einem See«, hat Kurt gesagt. »Mit Steg in den See.«

»Mit einem Baum!«, hat Luze gerufen.

»Ja. Baum mit Hängematte.«

»Und wo?«

Kurt hat mit den Schultern gezuckt. »Hier irgendwo in der Nähe fänd ich nett.«

Da hab ich kurz an Sommer gedacht.

»Ich guck auch schon. Wäre auch schön für die Jungs.«

»Ziehst du dann weg?«, hat Luze gefragt.

»Ach was, ich bleib auf jeden Fall hier im Haus. Das mit dem See, das soll auch eher nur so ein Sommerhaus sein oder so. Keine Angst, mich wirste nicht los.«

Luze hat gegrinst und dann gefragt: »Was gibt es heute zu Mittag zu essen?«

»Luze!«, hab ich gesagt.

»Was hättest du denn gerne?«, hat Kurt gefragt.

Kurz hab ich gedacht, jetzt explodiert Luzes Kopf.

Und dann hat sie echt nur »Pizza?« gesagt.

»Okay!«, hat Kurt gesagt. »Gut, das essen die Jungs nämlich auch. Und keine Angst, ich mach auch kein Fleisch drauf. Aber scht!« Und dann hat er einen Finger an die Lippen gelegt.

Ich hab gedacht, dass wir doch erst Freitag Pizza hatten. Aber das hatte Luze wohl schon längst wieder vergessen.

»Komm, wir machen noch ein bisschen Schule, okay?«, hab ich zu ihr und irgendwie auch zu Vincent gesagt.

Der hat noch ein bisschen sein Handy angestarrt, das noch weiter aufgenommen hat.

»Das waren alle Fragen, oder?«, hab ich gefragt.

»Ja«, hat er irgendwann gesagt. Und weil er sich aber nicht bewegt hat, hab ich mich über ihn rübergebeugt und auf Stop gedrückt.

Dann erst hat er mich angeguckt und sah aus, als ob er gerade geschlafen und ich ihn geweckt hätte.

Wir sind also wieder zurück in Kurts Zimmer und weil Luze zu aufgeregt für Aufgaben war, hab ich ihr gesagt, sie soll mal das Haus von Kurt, das am See, malen.

Vincent hat sich wieder in den Sessel gesetzt und Kopfhörer auf und Kapuze auch.

Lisa hat mal eine Schildkröte gehabt. Wenn man die unter dem Kinn gekrault hat, dann ist sie aus dem Panzer rausgekommen.

Kurz hab ich mich gefragt, wie viel Schildkröte wohl in Vincent steckt.

Irgendwann hat es nach Pizza gerochen und dann hat Kurt uns gerufen und seine Kinder auch und wir haben alle an dem Tisch gesessen. Auf dem Tisch war ein ganzes Backblech voll Pizza. EIN GANZES BLECH!

»Finger weg, ist heiß«, hat Kurt gesagt. Dann hat er sich umgedreht zum Küchenschrank und nach einem Pizzaschneider gesucht.

Jannis hat einen Finger ganz nah an das Backblech gehalten und gelacht. »Haha, ist gar nicht heiß.« Dann hat Luca das nachgemacht. »Haha, gar nicht heiß, ist ja total kalt.«

Und plötzlich hat Luze auch gelacht und gesagt »Haha, ist ja gar nicht« und hat das Blech mit der ganzen Hand angefasst und dann hat sie geschrien.

Weil das verdammte Blech eben doch heiß war.

Wenn Luze schreit, kann sie Töne treffen, sagt Gregor manchmal, dass Autoalarme in der Nachbarschaft losgehen und Hunde anschlagen.

Vincent ist aufgesprungen, hat sich Luze geschnappt und sie zum Waschbecken geschleppt, getragen, gezerrt und ihre Hand unter das kalte Wasser gehalten.

Ich hab neben Luze gestanden und ihr die Wange gestreichelt und sie angeschaut und die ganze Zeit gesagt, dass das wieder wird. Kurt hat schnell eine Schüssel mit Wasser und Eiswürfeln gemacht und uns beiseitegeschoben und sich die Hand angeschaut. Dann hat er Luze auf den Arm und die Schüssel in die andere Hand genommen und zum Tisch getragen. Da sollte Luze ihre Hand ins Wasser halten.

Luze hat immer noch geweint. Ich hab sie weiter und weiter gestreichelt und ihr Küsschen gegeben und mir gewünscht, dass Mama da wäre. Und die ganze Zeit haben Jannis und Luca blöde gekichert. Bis es plötzlich einen Schlag getan hat. Das war Vincents Hand auf dem Tisch.

»Ihr seid vielleicht Arschlöcher!«, hat Vincent gesagt.

Und klar haben die weiter gekichert, aber weniger.

»Arschloch sagt man nicht«, hat Luca gesagt.

Da hat Vincent sich nach vorne zu den beiden gebeugt und ganz langsam und ganz böse »Arschloch« gesagt, dass ich fast Angst vor ihm bekommen habe.

»Passt ja auf«, hat er dann gesagt und sie weiter angeschaut.

Luze hat neben ihm immer noch geschluchzt, wie Schluckauf.

Dann hab ich Kurt gesehen, wie er hinter seinen Söhnen stand und Vincent angegrinst hat.

»Entschuldigt ihr euch jetzt mal?!«, hat Vincent dann gesagt.

»Schullegung«, haben die irgendwann gemurmelt und nur noch auf den Tisch gestarrt.

»Luze, hast du das gehört?«, hat Vincent gefragt.

Luze hat ein bisschen genickt und geschluckauft und geschnieft.

»Okay«, hat Vincent gesagt. Dann hat er den Pizzaschneider genommen und Luze das erste Stück abgeschnitten und auf den Teller gelegt.

»Danke«, hat Luze gesagt. Und dann hab ich gedacht, wenn ich den nicht heirate, dann nimmt ihn garantiert Luze.

Das ganze Essen lang hat Luze die Hand in der Eisschüssel behalten, danach hat Kurt ihr ganz vorsichtig die Hand abgetrocknet und noch ein bisschen Salbe draufgegeben und gesagt, dass das eigentlich okay sein sollte.

»Küsschen? Pusten?«, hat er gefragt.

»Ich bin doch kein Baby mehr«, hat Luze gesagt, aber dann hab ich trotzdem gepustet und ein Küsschen draufgehaucht, ich glaub, das war nicht verkehrt.

Wir sind wieder in Kurts Zimmer gegangen. Zu seinen Söhnen hat er gesagt: »Wir reden jetzt mal zwei, drei Wörtchen miteinander.«

Da hätte ich gerne Mäuschen gespielt. Da hätt ich gerne auch noch fünf Wörtchen mitgeredet. Aber wir hatten noch Schulkram zu machen, ich ein bisschen, aber vor allem Luze.

Luze hat sich an den Schreibtisch gesetzt und gesagt, dass sie nicht arbeiten kann wegen ihrer Hand.

»Lesen kannst du«, hab ich gesagt.

Und dann haben wir ein bisschen gelesen und dann hat sie noch ein bisschen gerechnet und das ging.

Ich hab eine Nachricht von Julika aus meiner Klasse bekommen.

Hey, hat sie geschrieben.

Darauf hab ich nicht geantwortet. Weil ich gedacht hab, dass die bestimmt Carla schreiben wollte und sich nur verklickt hat. Aber dann fünf Minuten später kam

Hey Clara, wie geht's? und ein winkendes Kätzchen drunter.

»Wer ist das, wer schreibt dir, was schreibt die?«, hat Luze gefragt und dann geguckt und die Katze gesehen und »Ooh, süß!« gesagt.

»Wer ist Juuul iiiik aaa?«

»Egal.«

»Die ist egal?«, hat sie gesagt und gekichert und ich hab gedacht, ja, aber das verstehst du noch nicht.

»Das ist nur ein Mädchen aus meiner Klasse.«

Luze ist zu Vincent gegangen und hat ihm gesagt, dass sie bestimmt auch bald ein Handy bekommt.

»Aha, ja?«, hat der gesagt und ich hab »Bestimmt nicht« gesagt.

»Doohoooch! Und dann kann ich auch Nachrichten schreiben und Bilder schicken und Spiele spielen und Videos gucken.«

Dann hat sie kurz in meine Richtung ein Gesicht gezogen.

»Und dann kann ich dir auch Nachrichten schreiben!«, hat sie gesagt.

»Okay«, hat Vincent gesagt.

»Was machst du da?«, hat Luze gesagt.

Und ich hab auf die Uhr geguckt und gesagt, dass wir ja auch bald mal einpacken können, weil Tatiana uns erwartet.

Dann hab ich wieder eine Nachricht von Julika bekommen.

Ich finde das doof, wie du dich mit Lisa gestritten hast.

Ich kann die eh nicht leiden.

Wär ich jetzt fies gewesen, dann hätte ich die Nachricht an Lisa weitergeleitet. Stattdessen hab ich geschrieben.

Lisa mag dich aber voll gern.

War gelogen. Lisa ist Julika glaub ich echt egal.

Echt?

Ich hab mein Handy dann auf Vibrieren gestellt. Ich kann das nie auf lautlos stellen wegen Mama, die hat mich mal rundgemacht deswegen.

»Los, wir gehen jetzt zu Tatiana«, hab ich gesagt und Luze und Vincent angeschaut.

»Lassen wir unsere Sachen hier?«, hat Luze gefragt.

»Nee, pack mal zusammen, vielleicht sind Mama und Gregor danach wieder zu Hause.«

Ich hab meine Tasche gepackt, dann bin ich schon mal in die Küche zu Kurt und hab gesagt, dass wir jetzt zu Tatiana gehen.

»Okay. Wollt ihr danach wieder herkommen? Die Jungs benehmen sich jetzt, haben sie versprochen«, hat Kurt gesagt. Ich hab gedacht, das glaubst du denen?, hab aber nur gesagt: »Nee, ich glaub, Mama und Gregor sind danach wieder da.«

»Aber vielleicht mag Luze ja zum Spielen kommen. Später. Oder morgen oder so. Jetzt guck nicht so entsetzt!«

»Luze!«, hab ich gerufen. Und dann hab ich Kurt Danke gesagt. »Vor allem für die leckere Pizza.« Und dann kam Luze angerannt und hat Kurt umarmt und gesagt, dass er der allerbeste Koch der Welt ist.

Und Vincent hat nur »Danke. Tschüs« gesagt.

Als wir wieder im Hausflur gestanden haben, hat Vincent kurz in seinem Rucksack gekramt und meinte: »Ich geh mal ganz kurz hoch zu Rosa.«

»Was machst du da?«, hat Luze gefragt.

Vincent hat ein Diktiergerät und die kleine Kassette von gestern hochgehalten.

Und bevor ich fragen konnte, ob er sich die Kassette allein angehört hatte, ist er schon die Treppe hochgesprintet.

Oben hat er geklingelt und dann ging die Tür auf und Vincents Stimme »Hi, hier« und Rosa ganz laut »NEIN! OHH!«. Und dann hat Rosa einen Ton gemacht, so was wie ein Kieksen, und ich wusste nicht, ob das Lachen oder Schreck oder Traurig war. Dann hat er noch was von Digitalisieren gesagt und Rosa hat noch mehr gekiekst. Und dann kam Vincent schon wieder runtergehüpft und hat auf Tatianas Klingel gedrückt.

Wir waren ein bisschen zu früh. Fast hätte ich auf mein

Handy geguckt, aber dann hätte ich schon wieder doofe Nachrichten von Julika gesehen, also hab ich es in der Tasche gelassen. Die ganze Zeit hat es so gebrummt, dass Luze gesagt hat: »Du hast auch Hummeln im Hintern!«

Dann haben wir dagestanden.

»Wir sind zu früh«, hab ich gesagt.

Vincent hat genickt. Aber Luze hat einfach noch mal geklingelt.

»Luze, Tatiana ist noch nicht da!«, hab ich gesagt.

»Doch!«, hat Luze gesagt.

Und da ging die Tür auf und Tatiana stand mit zerknautschten Haaren und Gesicht vor uns und zog sich gerade den Pulli zurecht.

»Ist schon drei?«

»Haben wir dich geweckt?«, hab ich gefragt.

»Ja. Nickerchen.«

Und plötzlich hat Luze auch so einen Ton gemacht, so was ganz Helles, ein Juchzen. Und ist auf Tatiana zugerannt und hat sie umarmt und dann ihre Hand auf Tatianas Bauch gelegt und was zu Tatiana geflüstert.

»SAFI!«, hat Tatiana gerufen. Inzwischen hat Luze mit Sternchenaugen vor ihr gestanden und ihre Hände auf ihr Grinsen gehalten.

»SAFI, VERDAMMT NOCH MAL!«

Da schaute Safi aus einem Zimmer in den Flur.

»Oh, du bist wach?«

»Hast du die Klingel nicht gehört?«

»Nee, hatte Kopfhörer auf.«

Und dann kam er lächelnd in den Flur und wollte uns Hallo

sagen, aber Tatiana ging auf ihn zu und redete auf ihn ein. »Verdammt! Nicht mal meinen Eltern hab ich Bescheid gesagt und du trötest es im Haus rum, oder was? Geht's noch?«

Safi hat nur den Kopf geschüttelt und meinte: »Was denn? Was hab ich denn gemacht?«

Und bei mir klickklickklick war der Groschen gefallen.

»Bist du schwanger?«

Tatiana hat mich nur angestarrt, während Luze so dolle genickt hat, dass ich dachte, das macht gleich ein Geräusch.

»Siehst du?«, hat Tatiana Safi angeschnauzt.

»Ich hab echt niemandem was gesagt.«

»Aber woher soll Luze das denn wissen?«

»Sollen wir vielleicht ein andermal wiederkommen?«, hat Vincent da gesagt.

»NEIN!«, hat Tatiana gerufen und Safi hat »Kommt doch rein, ich mach jetzt Tee, ja?« gesagt. Dann hat er Tatiana an den Schultern genommen und gesagt: »Tee?«

»Ja«, hat sie gesagt und ist in die Küche gegangen.

Auf dem Küchentisch stand ein Laptop mit dicken Kopfhörern wie die von Vincent, aus denen kam Musik.

Luze hat sich auf einen Stuhl gesetzt. Safi hat den Rechner zugeklappt, die Kopfhörer zusammengewickelt und alles beiseitegelegt.

Dann hat er Wasser aufgesetzt und Tatiana auf einen Stuhl geschoben.

Luze hat ganz verzückt Tatiana angeschaut und ganz leise »Ein Baby« gesummt.

»Luzemaus«, hat Tatiana gesagt und Luze zu sich gezogen. »Das ist noch ganz, ganz, ganz früh. Das ist noch nicht mal ein richtiges Baby, das sieht gerade noch aus wie ... ein komisches Tierchen.«

»Ein Alien!«, hat Safi gesagt.

Tatiana hat ihm einen Messerblick zugeworfen.

»Und wenn das so früh ist, dann sagt man das eigentlich noch niemandem, weil man erst abwarten soll, bis es wirklich drei Monate im Bauch bleibt. Verstehste?«

»Ja, warum?«, hat Luze gefragt und Tatiana hat mich angeschaut.

»Weil die kleinen Dinger manchmal nicht im Bauch bleiben wollen. Und erst nach drei Monaten kann man da sicherer sein. Deswegen.«

Luze hat Tatianas Bauch angestarrt und dann gesagt: »Die bleibt.«

Tatiana hat ganz tief ein- und wieder ausgeatmet. »Ich schneid uns mal eine Orange auf, ja?« Und dann hat sie eine Orange aus der Obstschale genommen und aus einer Schublade im Küchentisch ein Messer gezogen.

»Und ihr macht einen Film?«, hat Safi gesagt.

Nein, eigentlich nicht, aber egal, hab ich gedacht.

»Jep«, hat Vincent gesagt.

»He's a man of few words«, hat Safi gesagt.

»Im Gegensatz zu dir«, kam von Tatiana.

Safi hat ihr die Zunge rausgestreckt und sie ihm auch.

Luze hat gekichert, ist zu mir gerannt und hat mir ins Ohr geflüstert: »Ein Baby!«

»Zeig mal deine Hand«, hab ich gesagt.

»Ist nicht mehr schlimm«, hat Luze mich abgeschüttelt.

»Haste selbst wieder weggezaubert, was?«

Luze hat den Kopf schief gelegt und halb mit der Schulter gezuckt.

Vincent hat sein Handy wieder in das Stativ gesteckt und dann gesagt: »Wenn ihr wollt, können wir anfangen.«

»Jetzt? So wie ich aussehe?«, hat Tatiana gesagt.

»Du bist wunderschön.« Safi hat Wasser über frische Minze geschüttet und dann Tassen aus dem Küchenschrank geholt, dabei hat er laut gezählt.

»Fünf!«, hat Luze gerufen.

Tatiana hat sich die Haare zusammengebunden, zwei Finger angeleckt und mit denen unter ihren Augen rumgewischt. Dann ist sie aufgestanden. »Ich geh noch mal kurz ins Bad.«

»WUNDERWUNDERSCHÖN!«, hat Safi ihr hinterhergerufen.

Aus dem Bad war Wasserrauschen und Fluchen zu hören.

Safi hat uns Tassen hingestellt und die Orangenschalen vom Tisch geklaubt und in den Müll geworfen. Dann hat er noch einen Teller geholt, sich an den Tisch gesetzt und die Orange fertig geschält und zerteilt. Als er damit fertig war, hat er gleich noch eine geschält.

»Okay.« Tatiana stand im Türrahmen.

»Ein Unterschied wie Tag und Nacht«, hat Safi zu ihr gesagt.

»Du fängst dir gleich eine«, von Tatiana.

»Nicht schlagen!«, hat Luze gerufen.

»Da hörst du's!« Safi hat Tatiana zu sich gezogen und gedrückt, dann hat sie sich einen Stuhl rangezogen und sich neben ihn gesetzt.

»Okay. Schießt los.«

»Wohnst du jetzt hier?«, hat Luze gleich gefragt und Safi angeschaut.

»Auf Probe!«, hat Tatiana geantwortet.

»Seit wann?«

»Seit einer Woche«, hat Tatiana geseufzt. Dann hat sie sich an Safis Schulter gelehnt.

»Woher kennt ihr euch denn?«, hat Vincent gefragt.

»Liebesgeschichte!«, hat Luze gerufen und mit den Händen geklatscht. Ich hab ihr ein Stück Orange in den Mund geschoben.

»Es sind Kinder anwesend«, hat Tatiana zu ihm gesagt. Und dann haben die beiden sich ein bisschen angeschaut und haben wohl Gedanken übertragen und dann fing Safi an.

»Also, wir waren auf einer Party und kannten uns nicht, und dann ... haben wir uns kennengelernt.«

»Habt ihr euch geküühüüsst?«, hat Luze gefragt.

»Ja«, hat Safi gesagt. »Auf. Den. Mund.«

Luze hat gekichert.

»Hast du auch einen Freund, Luze?«, hat Safi gefragt.

»Oder eine Freundin!«, hat Tatiana gesagt.

Und dann hat man richtig zuschauen können, wie Luzes Lächeln geschmolzen ist.

Scheiße, hab ich gedacht.

Und dann hat Tatiana sich erinnert. »Hast du Silas jetzt gar nicht mehr gesehen?«, hat sie gefragt.

Luze hat den Kopf geschüttelt.

»Auch nicht angerufen?«

Wieder Kopfschütteln.

»Aber du bist doch jetzt in der Schule, ja?«, hat Safi gefragt.

Ganz langsames Nicken.

»Da gibt es doch bestimmt auch tolle Kinder, oder?«

Schulterzucken.

»Wir haben ja auch gerade gar nicht richtig Schule«, hat Luze gesagt.

»Und du hast ja auch das Pferd«, hab ich gesagt.

»Pferd?«, hat Safi gefragt und Tatiana hat ihn getreten und angestarrt.

Da hat Vincent sich geräuspert und gesagt »Machen wir weiter?« und sich auch ein Stück Orange in den Mund geschoben.

»Okay«, haben Safi und Tatiana gesagt.

»Wo habt ihr denn überall schon gewohnt?«, hab ich gefragt und gedacht, wir sind vollkommen durcheinander. Aber war ja egal.

»Wir kommen beide von hier. Also außer ihr wollt jetzt die Straßen wissen. Ich hab vorher mal in einer WG gewohnt, aber das war anstrengend. Und einmal auf einem Lehrgang, da war ich einen Monat im Schwarzwald, aber das zählt nicht wirklich, oder?«

»Das Lustige ist, dass wir uns schon viel früher hätten kennenlernen sollen, weil wir echt viele gemeinsame Freunde haben, und einmal haben wir sogar nur eine Straße voneinander entfernt gewohnt.«

»Sollte wohl nicht sein!« Tatiana hat ihn angeschaut und dann breit gegrinst.

»Und wann bist du ins Haus gezogen?«, hab ich sie gefragt.

»Vor drei Jahren? Oder vier? Also erst war ich in der schrecklichen WG, dann war ich noch mal kurz bei meinen Eltern, aber nur so zwei Wochen oder so, und dann Zwischenmiete für ein halbes Jahr, und dann bin ich hier eingezogen.«

»Und warum hier?«

»Weil hier was frei war?«, hat Tatiana erst gesagt und dann: »Nee, warte, ich hab mir was anderes im Nachbarhaus angeschaut, war aber teuer und hässlich, und dann hat aber der Makler gesagt, dass er auch noch was anderes in der Straße hat, und dann bin ich mit ihm hierhin und dann glaub ich hab ich auch gleich Rosa gesehen, als ich durchs Treppenhaus bin, und hab gedacht, wenn die hier wohnt, dann pass ich da auch rein.«

»Und wo wollt ihr noch überall wohnen?«

Da haben sich beide erst mal angeschaut, bevor Tatiana Safi eine Hand auf den Arm gelegt hat und sagte: »Wir gucken jetzt erst mal, wie das hier zu zweit geht. Und dann zu dritt. Und dann. Okay?«

»Okay«, hat Safi gesagt.

Und dann hat Vincent mich angeschaut und auch Okay gefragt, aber nur mit den Augen und ich hab genickt.

Dann haben wir endlich Tee getrunken.

Luze hat ihre Hand angeschaut und ich hab Tatiana und Safi von Luca und Jannis erzählt. »Die!«, hat Tatiana nur gesagt und fast wäre ihr Dampf aus der Nase gekommen.

»Aber ist gar nicht mehr schlimm«, hat Luze gesagt.

Tatiana hat Luze wieder zu sich gezogen und ganz leicht über die Hand gestreichelt und gesagt: »Ja, das wird. Das heilt alles.« Und dann hat sie Luze auf den Kopf geküsst und sie gedrückt.

Luze hat sich plötzlich zu mir gedreht und gesagt: »Kann ich zu Kurt und mit Jannis und Luca spielen?«

Am liebsten hätte ich gleich NEIN, NIEMALS gesagt.

»Okay. Aber wenn die doof zu dir sind, dann gehst du sofort wieder, ja?«

»Ja klar.« Luze hat mich angestrahlt und dann ist sie gleich abgehauen und raus und hat nebenan geklingelt und weg war sie.

»Komm, Clara, ich mach uns noch eine Orange«, hat Tatiana gesagt. »Passiert schon nichts. Sonst können die kleinen Kackerchen was erleben.«

Tatiana hat das Schälmesser in Richtung von Kurts Wohnung gehalten.

Wir haben dagesessen und Tee getrunken und alle Orangen aufgegessen, Safi hat uns seine Musik auf seinem Computer gezeigt, an der hat er nämlich gerade gearbeitet, als wir geklingelt haben.

Und ich hab Vincent angeschaut, wie der plötzlich geguckt hat. Und geredet hat der.

Richtig viel.

»Typen, ey!«, hat Tatiana zu mir gesagt und mich in die Seite geschubst. Und ich bin ein bisschen rot geworden, hab ich gemerkt.

Irgendwann hat es geklingelt und das war Gregor und der wollte uns abholen und dann sind wir zusammen rüber zu Kurt, und da kamen Luze und die Jungs an die Tür und Luze hat »Papa, bitte, kann ich hierbleiben und hier essen und noch ein bisschen spielen, bitte, bitte, lieber Papa, bitte« gesagt und hatte ganz rote Backen.

»Klar«, hat Gregor gesagt. Dann hat er sich zu Vincent gedreht. »Kommst du mit zu uns?«, hat er gefragt.

Und kurz dachte ich, heute, heute kommt er mit, heute isst Vincent bei uns, aber dann hat Vincent doch wieder gesagt, dass er ja noch den Film vom Handy auf den Laptop ziehen muss und anfangen will zu schneiden.

Blöde Ausrede, hab ich gedacht. Dann bleib doch daheim, wenn du nicht mit zu mir willst.

Also hab ich ihn auch gar nicht mehr angeguckt, als wir die Treppe runter sind und er »Tschüs« gesagt hat. Und hab auch nichts gesagt.

»Oje, was ist los?«, hat Gregor gefragt, als wir in unserer Wohnung waren.

»Nichts.«

»Okay. Kannst du mir helfen? Kartoffeln schälen?«

Und fast hätte ich »Muss ich?« gesagt, aber dann hab ich mir das verkniffen und bin einfach mit Gregor in die Küche und hab wie blöde Kartoffeln geschält und nicht zum Fenster geschaut. Auch nicht, als Mama dann da war und als wir zusammen Bratkartoffeln und Spiegelei und Spinat gegessen haben. Und nach dem Essen bin ich gleich in mein Zimmer, in unser Zimmer, aber Luze war ja noch oben. Und Julika hatte noch ein bisschen geschrieben, was sie so macht und wie langweilig alles ist und dass sie Mathe nicht versteht und dass die anderen auch gesagt haben, dass Lisa doof ist, aber dann hab ich das Handy einfach wieder ausgemacht.

15

»Zweites OG«, sagte Mama, schaute auf ihre Armbanduhr und dann trank sie einen Schluck Kaffee.

»Luze, Kurt hat gesagt, dass du heute gerne auch einfach gleich zu ihm kommen kannst, wenn du magst. Den ganzen Tag.«

Luze grinste plötzlich wie ein Honigkuchenpferd und hüpfte tatsächlich auf der Stelle. Dann hat sie mich angeguckt. »Aber der Film!«

»Den müssen Vincent und Clara dann alleine machen. Das ist ja eh ihr Projekt«, sagte Mama und stellte die Kaffeetasse in die Spüle.

Luze stand da und hat nachgedacht und nachgedacht. Dann hat sie mich angeschaut.

»Clara?«

Und ich hab gewusst, dass sie so gerne zu Kurt will, dass sie mit Jannis und Luca spielen will und essen, was Kurt kocht, und dann weiter spielen.

Und dieses dämliche Filmprojekt war ja eh nur ausgedacht. Aber irgendwie.

Aber dann hab ich Mamas Gesicht gesehen, wie sie hinter Luze stand, die Hände auf Luzes Schultern, mich angeguckt hat und mit dem Kinn zu Luze gedeutet hat.

»Klar! Das wird heut eh doof, wir machen die meiste Zeit eh nur Schulkram. Geh du mal zu Kurt.«

Da endlich hat mich Mama angelächelt und genickt.

»Und wenn was ist, dann findest du mich, ja?«

»Ich bin doch kein Baby«, hat Luze gesagt und auf den Boden geguckt. Mama hat sie auf den Arm genommen und so getan, als ob sie sie in den Bauch beißt, und gesagt: »Was, du bist doch mein klitzekleines Luzebaby!« Kichernde Luze.

»Ich mach aber noch hier ein bisschen Schulkram, bevor ich hochgeh, ja?«, hab ich zu Mama gesagt.

Die hat mich fest angeschaut und dann genickt. Dann wieder Blick auf die Uhr und: »Oooh, ich bin spät! Oje, ich bin viel zu spät!« Und dann ist Mama doch erst fünf Minuten später aus der Wohnung raus und war dann noch mal eine Ecke zu spät dran.

Ich hab dann mit Luze fertig gefrühstückt und dann sind wir ins Bad und dann hat Luze sich angezogen. Ich hab ihr zugeschaut und an meinem Schreibtisch gesessen. Die Tasche hatte sie schon gepackt, und als sie fertig war, wollte sie auch alleine hoch. Also bin ich einfach am Schreibtisch sitzen geblieben.

Und ich hab einfach nur gesessen, auf meinem Schreibtischstuhl, der so nett hin und her wippen kann. Eine Hand am Schreibtisch, beide Beine hochgezogen und hin und her.

Dann bin ich einfach mal durch die Wohnung gegangen, weil ich ja ganz, ganz, ganz alleine war, weil ich das fast nie bin.

Dann hab ich mich alleine in unserem Zimmer auf den Boden gelegt und an die Decke gestarrt.

Irgendwann bin ich wieder aufgestanden und mehr ist mir nicht eingefallen, also hab ich Schule gemacht.

Julika hat nicht mehr geschrieben. Im Klassen-Chat war Aufregung, weil wir eigentlich am Freitag eine Arbeit in Mathe schreiben sollten, und jetzt wusste keiner, was passiert.

Ich hab mir das angeschaut, was die sich alle so ausgedacht haben, und der eine hat gesagt, dass das ja gar nicht geht, eine andere hat gesagt, dass sie aber am Freitag unbedingt schreiben will, weil sie es endlich hinter sich haben will, und mir war das so egal.

Dann hab ich weiter Schulkram gemacht, Aufgabenblätter, einen Text gelesen, Fragen zum Text beantwortet.

Dann hab ich aus dem Fenster geschaut, aber da war auch nichts Neues.

Dann hab ich mir ein Buch genommen und mich auf Luzes Bett zum Lesen gelegt.

Dann bin ich wieder eingeschlafen.

Irgendwann bin ich davon wach geworden, dass es geklingelt und geklopft hat, und mein ganzer Körper war wach und Alarm.

Ich bin zur Wohnungstür getaumelt und hab sie aufgerissen. Da stand nur Vincent.

»Wo bleibst du denn?«

Ich hab ihn wohl nur blöde angeguckt.

»Wir müssen meinen Vater interviewen. Der arbeitet extra daheim. Dreimal hat er mich jetzt schon gefragt, wann wir anfangen.«

Shit.

Vincent hat mich von oben bis unten angeschaut. »Hast du noch geschlafen?«

»Wieder.«

»Kommst du jetzt?«

Ich hab mir die Stirn kratzen müssen.

»Bitte?«, hat Vincent gesagt.

Ich war immer noch in Schlafsachen, also hab ich gesagt: »Moment.«

Und weil Vincent da weiter vor der Tür gestanden hat, hab ich gesagt: »Ich komm gleich, ich muss mich bloß anziehen.«

»Warum?«, hat Vincent gesagt.

»Weil! Ich komm gleich!« Und dann hab ich einfach die Tür zugemacht.

Und dann hab ich da einen Moment gestanden, bis ich gehört habe, wie er wieder die Treppe hochgestiegen ist.

Dann hab ich mir den Schlafkram aus- und richtigen Sachen angezogen, meinen Schlüssel und das Handy und ein Buch genommen und dann bin ich hoch.

Da stand schon die Tür offen. Und die von Vincents Zimmer auch.

»Gut«, hat er nur gesagt, als ich reinkam. Dann ist er aufgestanden und ich sollte hinter ihm her, wieder in den Flur mit den eintausend Türen, dann hat er an einer geklopft und dann gewartet, bis sein Vater »Ja« von drinnen gesagt hat.

Vincent hat die Tür aufgemacht und seinen Kopf reingesteckt und gesagt: »Clara ist da. Wir können.«

»Okay. Wollt ihr reinkommen?«, kam vom Vater und Vincent hat erst gar nichts gesagt, nur so dagestanden mit dem Rücken zu mir, aber irgendwann ist er reingegangen und ich hinterher.

Vincents Vater hat ein Büro mit unglaublich vielen und hohen Regalen, in denen Ordner und dicke Bücher stehen, die ich nicht lesen will (und nicht, weil's dicke Bücher sind, sondern weil die langweilig aussahen).

Vincents Vater saß an seinem Schreibtisch in so einem riesigen Schreibtischstuhl, bei dem die Lehne bis zum Hinterkopf geht. Er hatte die Hände ineinandergelegt und schaute uns an. »So. Hallo Clara. Wie machen wir das jetzt? Wo soll ich hin?«

Vincent hat mich fragend angeguckt und mit den Schultern gezuckt. »Hier?«, hat er irgendwann gesagt.

»Gut.«

Also hat Vincent das Handy wieder mit Stativ aufgebaut und dann standen wir da im Büro von Vincents Vater und nein, ich wusste seinen Vornamen immer noch nicht.

»Geht's los?«, hat Vincents Vater gesagt.

Vincent hat am Handy alles eingestellt und ewig lange nicht geantwortet. Dann »Ja. Jetzt.«

»Gut. Was sind denn eure Fragen?«

Vincent hat nur auf das Handy geschaut, sein Vater hat ihn angeschaut und niemand hat was gesagt.

Also hab ich wieder angefangen.

»Wo sind Sie denn geboren?«

»In Koblenz.«

»Wo haben Sie überall gewohnt?«

»In Koblenz, in Zürich und dann hier.«

»Wann sind Sie hier in das Haus gezogen?«

»Vincent ist jetzt ... also so vor vierzehn Jahren, kann das sein?«, und er hat fragend zu Vincent geguckt, aber der starrte weiter nur das Handy an.

»Und warum sind Sie hier in das Haus gezogen?«

»Wie meinst du das?«

»Also warum gerade hier?«

»Das ist eine gute Gegend, gut angebunden an die Öffentlichen, genügend Parkplätze und Grünflächen und gute Schulen.«

»Ja aber warum das Haus hier?«

»Da müsst ihr deine Mutter fragen«, hat er gesagt und Vincent angestarrt, als wollte er ihn hypnotisieren.

Aber Vincent hat nicht reagiert.

»Die hat die Wohnung hier gefunden.«

Nichts.

Also ich wieder: »Und wo würden Sie gerne noch wohnen?«

»Fürs Alter fände ich die Provence schön. Meinst du das?«

Und ich hab gedacht, keine Ahnung, was ich meine, und »Joah« gesagt.

Dann nichts mehr.

»War es das?«, hat Vincents Vater gefragt, da hat Vincent einfach auf Stop gedrückt und angefangen das Handy wieder abzubauen. »Ja, das war's«, hat er gesagt.

»Okay,« kam von Vincents Vater.

»Danke«, hab ich noch gesagt.

Der lächelte mich schief an. Und gerade, als wir zur Tür raus sind, fragte er noch, ob er zum Mittag was bestellen soll, aber Vincent ist so nach vorne geprescht, dass wir da schon fast wieder in seinem Zimmer waren.

Rein. Tür zu.

Vincent hat sich an seinen Schreibtisch gesetzt und erst mal vor sich hin gestarrt. Dann hat er sein Handy an seinen Laptop angeschlossen und irgendwas rumgetippt und dann wieder vor sich hin gestarrt.

Ich hab da einfach nur gestanden.

Nach so dreihundert Stunden hab ich mal »Okay« gesagt.

Und dann wollte ich gerade sagen »Ich geh dann mal wieder runter«, da hat mich Vincent angeschaut und alle Worte sind mir im Hals zerbröselt.

»Wir haben vergessen, ihn nach einem Witz zu fragen«, hab ich gesagt.

»Der kennt eh keinen.«

Vincents Computer hat einen Ton gemacht und er hat das Handy wieder vom Kabel genommen und es in der Hand gehalten.

»Gut, nächstes Interview«, hab ich gesagt und das Stativ aufgebaut. Dann hab ich ihm das Handy aus der Hand genommen und in das Stativ gesteckt und es auf Vincent ausgerichtet.

»Nee, nicht ich.«

»Aber unser Projekt! Dann kriegen wir eine Fünf!«, hab ich gesagt.

»Mein Vater hat doch schon geantwortet.«

»Na und?«, hab ich gesagt. Dann hab ich die Kamera angemacht und das Video eingeschaltet und dann »Los geht's« gesagt.

Ich: »Wann bist du denn hier ins Haus gezogen?«

Vincent: »Nach meiner Geburt.«

Ich: »Ach, das ist ja interessant, wie war das so?«

Vincent: »Weiß nicht mehr.«

Ich: »Und hast du immer nur hier gewohnt?«

Vincent: »Ja.«

Ich: »Und warum ausgerechnet hier?«
Vincent: »Weil.«
Ich: »Faszinierend.«
Vincent hat aus dem Fenster gestarrt.
Ich: »Magst du es hier im Haus?«
Vincent: »Das haben wir doch sonst nicht gefragt.«
Ich: »Ich improvisiere.«
Vincent: »Weiß nicht.«
Ich: »Ich schon.«
Vincent: »Warum?«

Und dann hab ich mich in den Hängesessel gesetzt und geschaukelt und es hat gequietscht. Das Video ist einfach weitergelaufen, aber das war egal.

»Mein Papa wohnt in einem LKW«, hab ich gesagt. »Der ist Fernfahrer. Der hat auch einen kleinen Fernseher und ein Bett, klar, und einen kleinen Kühlschrank. Nur eine Dusche hat er nicht. Der fährt die ganze Zeit hin und her und hört dabei Hörbücher oder Musik oder Podcasts.«

»Bist du mal mitgefahren?«, hat Vincent gefragt.

»Ja, aber nur eine ganz kleine Strecke, nur so ein Wochenende, mehr hat Mama nicht erlaubt.«

Ich hab mich selbst ein bisschen angeschubst, damit der Hängestuhl zur Schaukel wurde.

»Wenn Papa aber mal nicht fährt, dann wohnt er in dieser echt doofen Wohnung. Die ist klein und leer und er kennt niemanden im Haus. Das ist wie in 'nem Briefkasten. Der LKW ist echt gemütlicher.«

»Hast du ein Zimmer bei ihm?«

»Nee. Ist aber auch nicht schlimm. Weil er ja eh nie da ist.«

Hin und her bin ich geschaukelt.

»Aber das ist schlimm. Dass er eh nie da ist, meine ich.«

»Mmh«, hat Vincent gemacht und ich hab's verstanden.

»Das hier ist kein Briefkasten«, hab ich gesagt.

»Nee«, kam von Vincent. Der saß hinter mir, weil der Sessel inzwischen zur Wand gedreht war, und ich hab mir die ganzen Poster und Zettel angeschaut, die da hingen.

Soll ich gehen?, hab ich gedacht, aber nicht gesagt, und der Hängesessel hat »Nein, bleib« gequietscht.

Ich hab einfach geschaukelt und gewartet. Ich hab ja keine Aufgaben mehr gehabt. Und Luze war ja bei Kurt und den Jungs. Mama und Gregor weg. Und draußen nichts, nur Weiß.

»Meine Mutter nimmt sich gerade eine Auszeit von meinem Vater.«

Ich hab immer noch mit dem Rücken zu Vincent geschaukelt, das war, glaub ich, ganz gut.

»Also offiziell ist sie beruflich im Ausland. Aber inoffiziell weiß sie nicht, wie lange. Und ich soll sie in den Ferien da besuchen.«

»Nächste Woche?«, hab ich gefragt.

»Ja.«

Dann haben wir ein bisschen geschwiegen.

»Und mein Vater sagt so gar nichts dazu. Der tut so, als wäre sie wirklich nur auf Geschäftsreise. Als ob es davon besser wird.«

»Was wovon?«

»Na, dass sie Probleme haben, dass Mama überlegt, ob sie sich trennen will und wegziehen und mich mitnehmen oder so, dass er so tut, als wäre nichts.«

»Mhh«, hab ich gemacht. Und dann »Erwachsene, ey«.

Ein Bein hatte ich unterm Po, mit dem anderen hab ich mich von einem Sessel abgestoßen. »Und würdest du das machen? Zu ihr ziehen?«

Dann hat Vincent so komisch »Nein!« gesagt, dass ich gar nicht gucken musste, warum ihm so die Stimme wegrutscht.

Dann hat er ein bisschen gewartet und geatmet und so, bis er irgendwann gesagt hat: »Aber hier ohne sie ist auch Scheiße.«

Und ich hab an die ganzen Türen da draußen im Flur gedacht.

Dann hab ich mich umgedreht und gesagt: »Kommt ein Mann zum Arzt und hat 'nen Frosch auf der Stirn. Fragt der Arzt: ›Herrje, was haben Sie denn gemacht?!‹ Antwortet der Frosch: ›Weiß auch nicht, ich muss mir irgendwas eingetreten haben.‹«

Vincent hat dagesessen mit den Armen auf dem Schreibtisch und den Kopf auf den Armen.

»Der ist doof«, hat er irgendwann gesagt.

»Ist er nicht. Der ist gut. Aber ist okay, wenn du nicht lachen willst.«

Dann hab ich das Video ausgeschaltet.

Irgendwann hat der Vater von Vincent seinen Kopf zur Tür reingesteckt und gesagt, dass er jetzt was bestellen will, zu essen und: »Worauf habt ihr Lust?«

Vincent hat mit den Schultern gezuckt und ich hab gesagt: »Nichts mit Tier und keine Pizza.«

Vincents Vater hat genickt und dabei ins Leere geguckt.

»Okay. Okay, mach ich.«

Eine Dreiviertelstunde später hat es dann geklingelt und ich hab gehört, wie jemand die Treppe hochgekommen ist und wie Vincents Vater an die Tür gegangen ist.

Und dann rief er: »Kinder, Essen!«

Vincent hat ewig gebraucht, um aufzustehen, aber ich hatte inzwischen Hunger und hab ihn ein bisschen gedrängelt und geschubst, bis wir in der Küche waren.

Da war Vincents Vater schon am Auspacken und als er mich gesehen hat, meinte er: »Ich hab jetzt nicht gewusst, ob vegetarisch oder vegan, also hab ich beides bestellt.«

Das war nett. »Danke. Beides ist super.«

Es gab ganz viel vom Japaner. Auch Sushi, aber mit Gemüse. Und Ei.

Und dann haben wir dagesessen und gegessen, und irgendwann sagte Vincents Vater: »Was sagt ein schuldbewusstes Sushiröllchen?«

Ich hab mit den Schultern gezuckt (Vincent hat gar nichts gemacht).

»Wasabi denn getan?« Dann hat er gekichert.

»Kommt ihr voran?«, hat er irgendwann gefragt.

»Womit?«, hat Vincent gefragt.

»Dem Film. Und Schule.«

»Ja«, hat Vincent gesagt.

»Okay«, von seinem Vater.

»Wir wollen vielleicht noch Ihre Nachbarin interviewen«, hab ich gesagt und er meinte: »Ist die überhaupt da?«

»Äh. Keine Ahnung.«

»Ich glaub nämlich, die ist letztens von ihren Kindern abgeholt worden. Wegen der Kälte.«

Vincent hat da so vor seinem Essen gekauert, der war total gut im Mit-Stäbchen-Essen. Aber hochgeguckt hat er kein einziges Mal.

»Na, dann machen wir eben morgen weiter«, hab ich gesagt und noch ein bisschen gegessen und mich gefragt, was ich mit dem Rest vom Tag anfangen soll.

»Aber seid ihr für den Nachmittag beschäftigt? Ich hab einen Call nach dem anderen.«

»Mann, Papa, Luze ist nicht da und wir sind alt genug. Wenn uns nichts einfällt, lesen wir ein gutes Buch oder schauen eine informative Dokumentation. Oder wir lernen, wie man Origamikraniche faltet!«

Vincents Vater hat ihn angeschaut und sein Lächeln hat geflackert wie eine alte Glühbirne. »Okay«, hat er gesagt und dann auf seinen Teller geguckt.

Vincent hat auf seiner Unterlippe rumgekaut. Irgendwann hat er gesagt: »Ich bin satt, ist es okay, wenn ich schon mal aufstehe?«

Sein Vater hat nur genickt.

Und vor mir stand noch ein halb voller Teller. Und ich hatte noch Hunger. Vincent hat mich angeguckt, als ich nicht aufgestanden bin. »Ich ess noch«, hab ich gesagt.

Schnaufen von Vincent. War mir egal. Sushi.

Als Vincent draußen war, hat sein Vater gesagt: »Im Kühlschrank sind noch Mochis für danach.«

»Yum!!!«, hab ich gesagt.

Ich hab mir also Zeit gelassen. Die Mochis hat Vincents Vater mir auf einen Teller gelegt und gesagt: »Nimm die mal mit, die mag er auch.«

Ich hab den Teller in Vincents Zimmer getragen und sie ihm vor die Nase gestellt. »Wir machen halbe-halbe, weil ich alle probieren will«, hab ich gesagt.

Vincent hat die Mochis durchgeschnitten und dann ist er zum Sofa und hat sich zu mir gesetzt (ich hab inzwischen auf dem Sofa gesessen), den Teller hat er zwischen uns gestellt.

Dann haben wir gegessen.

Dann hab ich gesagt: »Dein Vater ist schon nicht verkehrt.«

Vincent hat mit den Schultern gezuckt.

Ich hab mir noch meine letzte Mochihälfte in den Mund geschoben, mich auf den Rücken gelegt und gesagt: »Komm, wir spielen ein Spiel.«

»Okay«, hat Vincent gesagt und fast so geklungen wie sein Vater, aber das hab ich ihm nicht gesagt.

»Das Spiel heißt ALLES WIRD GUT.«

Schnaufen von Vincent.

»Ich erklär dir jetzt erst mal, wie man das spielt, damit du es auch richtig machst.«

Das ist nämlich so. Wenn Luze oder ich einen dreckigen Tag haben, wenn nichts schön ist, dann spielt Mama das mit uns. Weil sie sagt, dass man das erst visualisieren muss (also sich vorstellen), und dass es dann erst so werden kann, wie man es sich vorstellt. Ein bisschen wie Kerzenausblasen und wünschen. Nur ohne Kerzen. Und man wünscht es nicht. Man sagt, dass das so wird.

So ungefähr hab ich das Vincent erklärt und dann gesagt: »Du darfst anfangen.«

»Alles wird gut«, hat er gesagt. »Fertig.«

»Haha. Noch mal«, hab ich gesagt und dagelegen und gedacht, dass man bei so hohen Decken mindestens ein Mobile vom Sonnensystem haben sollte.

Von Vincent kam nichts.

»Okay, dann ich. Lisa ruft an und entschuldigt sich bei mir und sagt, dass es ihr leidtut, dass sie so fiese Sachen zu mir gesagt hat und dann auch noch vor anderen Leuten und dass sie es nicht so gemeint hat und vor allem, dass sie das nie wieder macht, weil sie daraus gelernt hat. Und wir sind wieder Freunde und streiten uns nur noch über nette Sachen.«

Ich sag ihm das jetzt nicht vor, hab ich gedacht.

Vincent hat weiter geschwiegen.

»Papa hat plötzlich Zeit für mich und wir fahren in den Ferien zusammen nach Süden, einfach zum Spaß und nicht, weil er muss. Und er ist öfter in der Stadt. Und wenn nicht, dann ruft er mich immer sonntags an und telefoniert eine Stunde mit mir.«

Vincent hat sich kurz geräuspert. Mehr nicht.

»Nanette und Hotte klamüsern auseinander, wie sie in Zukunft wohnen wollen. Und streiten sich nicht mehr drüber. Vielleicht heiraten die sogar. Müssen sie aber nicht.«

Vincent ist vom Sofa gerutscht und hat auf dem Boden gesessen und mit einem Stückchen Papier gespielt.

»Deine Eltern«, hab ich gesagt und mich auf die Seite gedreht und ihn angeguckt, aber er hat so getan, als würde er mich nicht hören.

»Dein Vater sagt mir endlich, wie er mit Vornamen heißt, und ...« (Vincent wollte was sagen, aber ich hab einfach weiter geredet.) »... deine Eltern trennen sich vielleicht nicht.«

»Vielleicht doch«, sagte Vincent.

»Aber wenn sie sich trennen, dann ist es nicht schlimm. Dann bleibst du hier, wenn du das willst, oder du wohnst irgendwo, wo es total cool ist. Dann schickst du mir Postkarten.«

»Und in den Ferien wäre ich dann ja auch hier.«

»Oder sie erinnern sich, warum sie mal geheiratet haben.«

Vincent hat das Papier ganz klein gefaltet und dann auf den Tisch gelegt.

»Tatianas Baby«, hat er gesagt.

»Das kommt im Sommer auf die Welt. Alles dran, gesund und munter.«

Vincent hat genickt.

Dann ist er aufgestanden und sagte: »Ich muss ein bisschen laufen. Kommste mit?«

Ich hab mich aufgerafft und bin ihm hinterher ins Treppenhaus und wir sind erst mal hochgestiegen und er hat gesagt: »Björnsons kommen zurück und freuen sich über unseren Zettel.«

»Und bringen uns Geschenke mit«, hab ich gesagt.

Dann sind wir wieder runter.

»Rosa bekommt einen Hund, der Kinder mag und der auf sie aufpasst und der steinalt wird.«

»Jannis und Luca werden nette Kinder.«

Plötzlich waren wir schon bei uns auf dem Stockwerk. Da stand Solveig vor unserer Wohnungstür.

»Hallo, der Teller«, hat sie gesagt, und ich hab sie erst nicht verstanden, aber dann hat sie mir den Teller hingehalten, auf dem wir ihr ja den Kuchen vorbeigebracht hatten.

»Danke!«, hab ich gesagt.

»Gut. Ja. Danke«, hat sie gesagt und sich umgedreht, da hat Vincent gesagt: »Hast du Zeit, dürfen wir dich interviewen?«

»Warum?«, hat Solveig gefragt.

»Einfach so?«, hab ich gesagt.

»Jetzt?«, hat sie gefragt.

»Nur wenn du willst«, hat Vincent gesagt.

Da hat sie ganz leicht genickt, nur so anderthalb Mal und dann »Gut. Okay. Jetzt« gesagt.

Vincent hat mich angeguckt und gesagt, dass er schnell noch sein Handy holt, und dann ist er die Treppe hochgerannt.

»Wo geht dein Freund hin?«, hat Solveig gefragt.

»Handy holen«, hab ich gesagt und war schon wieder ritzerot.

Und kaum hatte sie ihre Tür aufgeschlossen, war Vincent auch schon wieder unten.

»Okay. Hier lang«, hat Solveig gesagt. Dann hat sie auf unsere Schuhe geschaut, aber wir hatten nur Hausschuhe an.

Ich hab trotzdem gefragt: »Hausschuhe ausziehen?« Und ich hab gedacht, die sagt jetzt Ja, so hat sie ausgesehen, aber dann hat sie gesagt, das wäre ja unsinnig, aber eher zu sich als zu uns.

Dann sind wir ihr hinterher in das Zimmer, das mal das Zimmer von Silas und Halina war und das schönste Wandbild der Welt hatte.

Jetzt war alles weiß. Auf dem Fensterbrett stand eine Pflanze.

Ansonsten waren da ein Sofa und ein Sessel, dazwischen ein Tisch, der nur ein Klotz war. Ein Bild hing an der Wand, aber ich hab nicht verstanden, was das war.

»Setzt euch«, hat Solveig gesagt und wohl erst in dem Moment gemerkt, dass sie immer noch den Teller in der Hand hatte, dann hat sie ihn mir wieder hingehalten und ich hab ihn endlich genommen.

Vincent hat sein Handy aufgestellt und dann gefragt: »Oh, ist das okay, wenn wir filmen?«

So, wie sie geguckt hat, war das nicht so super okay, aber dann hat sie trotzdem »Ja gut« gesagt.

»Geht ganz schnell«, hab ich gesagt.

Solveig hat genickt und die Kamera angestarrt.

Vincent hat auf Aufnahme gedrückt und ich hab angefangen mit der »Wo bist du geboren oder woher kommst du?«-Frage.

Solveig hat hin und her geguckt und dann gesagt: »Ich bin in einem Kurort aufgewachsen, in dem ich auch zur Schule gegangen bin, und dort habe ich auch meine Ausbildung gemacht.«

»Und seit wann wohnst du hier in der Stadt?«

»Seit Samstag.«

»Wow!«, hab ich gesagt. »Echt?«

»Ja«, hat Solveig gesagt.

»Und warum?«, hat Vincent gefragt.

Solveig hat den Kopf schräg gelegt.

»Also warum bist du hergezogen? Und warum hier ins Haus?«

Solveig hat plötzlich rote Flecken auf den Wangen bekommen.

»Weil ich das wollte. Und Umstände haben es erlaubt, endlich den Schritt zu machen. Die Wohnung wurde mir durch Bekannte vermittelt, die meine Eltern kennen. Kannten. Die Björnsons?«

»Ja!«, hab ich ein bisschen zu laut gesagt, Solveig ist zusammengezuckt.

Aber dann hat sie leicht gelächelt und genickt.

»Die sind aber im Winter nie da«, hat Vincent gesagt.

»Ja«, hat sie gesagt.

»Und wo würdest du noch wohnen wollen, so? Also in der Zukunft?«

»Hier!«, hat Solveig bestimmt gesagt.

Vincent hat mich angeschaut und die Augen aufgerissen. »Hier!«, hat er gesagt.

»Okay!«, hab ich gesagt. »Das war es, glaub ich, auch schon, oder?«

Vincent hat mit den Schultern gezuckt und halb genickt.

»Na dann, herzlich willkommen noch mal«, hat er gesagt.

»Danke!«, hat sie gesagt und ganz breit gelächelt, dass es fast schon ein Grinsen wurde. Dann hat sie uns zur Tür gebracht.

Draußen im Flur ging gerade Emmchen mit einem großen Keks in der Hand zu unserer Tür und klingelte, da hat Manja gesagt: »Emmchen, Emmse, schau mal, wer da ist!«

Emmchen hat sich umgedreht und mich verwirrt angeschaut.

»Suchst du Luze?«, hab ich gesagt.

»Wo ist Luze?«, hat Emmchen gesagt.

»Oben bei Kurt«, hab ich gesagt und dann schob mich Manja ein bisschen beiseite und sagte: »Hi, ich bin Manja, sorry, ich hab mich noch gar nicht vorgestellt, du bist Solveig? Willkommen.«

»Luze?«, hat Emmchen gesagt.

»Wir gehen mal kurz mit Emmchen hoch zu Kurt, ja?«, hab ich gesagt und Manja hat nur genickt und sich an Solveigs Türrahmen gelehnt und gesagt: »Hast du gerade Zeit? Magst du einen Tee trinken?«

Emmchen hat mir die Hand hingehalten, ich hab sie genommen und bin mit ihr die Treppe hoch.

»Solveig und Manja werden die allerbesten Freundinnen«, hat Vincent hinter mir gesagt.

Dann standen wir vor Kurts Tür und Emmchen durfte klingeln. Als die Tür aufging, ist Emmchen gleich an ihm vorbei. »Wo ist Luze?«, in der Hand immer noch den Keks.

»Emmchen wird eine weltberühmte Bäckerin«, hab ich gesagt.

»Mindestens«, hat Vincent gesagt.

»Hi, wollt ihr reinkommen?«, hat Kurt gefragt. Also sind wir reingegangen. Zum Kinderzimmer.

Da stand Luze mitten im Zimmer mit Hut auf dem Kopf, Umhang um und Zauberstab in der Hand. Vor ihr knieten Luca und Jannis und machten Männchen.

»Clara, guck mal, ich bin Löwenbändigerin!«, hat Luze gesagt.

Dann hat sie von Emmchen den Keks entgegengenommen und sich bedankt. Dann durfte Emmchen Löwenbändigerin sein.

Und Luze hat endlich wieder Freunde, hab ich gedacht.

Dann hat Vincents Handy angefangen zu klingeln und er hat es angeschaut und hat wieder seine Gewitterstirn bekommen.

»Mama«, hat er gesagt.

Oh.

Und dann ist er gegangen, einfach so, raus aus der Wohnung.

»Clara, schau doch mal!«, hat Luze gesagt und den Zauberstab geschwungen, die Löwen haben gebrüllt und ich hab gedacht, dass wir bestimmt was vergessen haben bei dem Spiel.

Vincent ist nicht mehr aufgetaucht. Weg war er.

»Wollt ihr hier essen?«, hat Kurt gefragt und Luze hat mich ganz kugeläugig angeschaut.

»Ich muss Emmchen mal wieder runterbringen und gucken, ob Mama und Gregor wieder da sind. Aber Luze kann ja bleiben.«

»YAY!«, hat Luze gerufen und die Löwenbrüder auch und alle haben die Hände in die Luft gerissen und sind rumgerannt, als hätten sie alle Geburtstag und im Lotto gewonnen.

Ich bin mit Emmchen runter, Stufe für Stufe.

Dann hab ich bei Manja geklingelt. Sie hat aufgemacht, Emmchen rannte gleich rein (»Tschüs« hat sie noch gerufen). »Magst du auch auf einen Tee reinkommen?«, hat Manja gefragt. Ich hab den Kopf geschüttelt.

»Aber ihr kommt ja morgen zu mir, ne?«, hat Manja gesagt. »Zum Interview?«

Ich hab nur genickt und dann bin ich hoch zu Vincent und hab geklingelt. Und dann noch mal, weil keiner kam.

Irgendwann hat mir Vincent die Tür aufgemacht und nur »Was?« gefragt.

»Ich hab noch meine Sachen hier«, hab ich gesagt.

»Okay«, hat er gesagt und die Tür aufgehalten. Ich bin in sein Zimmer, hab meinen Kram zusammengesucht und dann wollte ich fragen, wie das Telefonat war, aber dann hab ich Vincents Gesicht gesehen und wollte nur noch raus und heim.

Vincent hat die Tür hinter mir zugemacht und noch durch den Türspalt »Tschüs« genuschelt.

Ich bin die 22 Stufen zu unserer Wohnung wieder runter und hab gedacht alles wird gut, alles wird gut, alles wird gut.

Zu Hause war niemand.

Alles wird gut, hab ich der Wohnung gesagt.

Auf meinem Handy war nur eine Nachricht von Mama: *Geh gleich los nach Hause.*

Vincent kommt zum Abendessen zu uns.

Vincent ist abends nett zu mir.

Vincent lacht endlich.

Alles wird gut.

Alles wird gut.

16

Ich bin davon wach geworden, dass Luze mich angestarrt hat.

Manchmal macht sie das. Erschreck mich jedes Mal. Wachst auf und vor dir steht oder sitzt jemand und starrt dich an und das ist das Erste, was du siehst. Da kann einem schon mal das Herz stehen bleiben.

Sobald ich die Augen aufgemacht und sie gesehen und mich erschreckt habe (klar), hat Luze angefangen zu reden, dass heute Donnerstag ist, dass wir noch so viel zu tun hätten und dass Kurt Maronensuppe gemacht hat, was soooo toll war. Und dass wir nur heute Zeit hätten, um alles fertig zu machen.

»Warum?«

»Weil wir morgen was anderes machen«, hat Luze gesagt.

Ich hab mich umgedreht, mein Gesicht ins Kissen gedrückt und reingeröhrt wie ein Hirsch, der eine kleine Schwester hat.

»Steh auf, Clara!«, hat Luze gerufen, sich dann umgedreht und ist aus dem Zimmer raus.

Kurz hab ich mich auf den Rücken gedreht, nach oben geguckt und gedacht, ich lass mir doch nicht von meiner kleinen Schwester vorschreiben, wann ich aufzustehen habe.

Aber dann musste ich eh aufs Klo.

Also aufgestanden. Und eben aufs Klo gegangen. Und dann wäre ich so gerne wieder ins Bett gegangen. Aber dann haben sie mich aus der Küche gerufen, Mama, Gregor und Luze. Alle drei.

»Wir warten nur auf dich.«

Und dann bin ich in die Küche und sie haben mich angeschaut und mehr war nicht.

»DA BIN ICH!«, hab ich gerufen und die Arme in die Luft gerissen. Konfetti von oben wäre noch gut gewesen.

»Tadaaaa!«, hat Luze gerufen und auch Arme hoch und dabei fast Mamas Tasse vom Tisch gefegt.

Gregor und Mama haben nur Guten Morgen gesagt und dass ich mich setzen soll, also hab ich mich gesetzt und rausgeguckt. Da fuhr gerade der Aufzug runter.

Ich hab mir einen Tee eingeschenkt und Mama hat mir einen halben Apfel auf den Teller gelegt, an dem hab ich rumgenagt.

Dann kamen die Acht-Uhr-Nachrichten und ich hab Mama und Gregor angeschaut.

»Ihr seid da!«

»Ja?«, hat Mama gesagt.

»Es ist acht!«

»Ja«, hat Gregor gesagt.

»Müsst ihr nicht arbeiten?«, hab ich gefragt.

»Ein bisschen. Machen wir aber beide heute mal von zu Hause.«

Toll, hab ich gedacht, das heißt dann wieder auf Zehenspitzen rumschleichen und bloß nicht laut reden.

»Clara, wir sind heute hier. Wir arbeiten nur so lange, wie ihr Unterricht macht. Und wir können euch auch helfen, wenn ihr wollt. Also vor allem musst du heute nicht Luze helfen.«

»Mir muss gar niemand helfen!«, hat Luze gerufen.

»Dann kannste ja mal Mama zeigen, wie gut du inzwischen lesen kannst«, hab ich gesagt.

»Ja?«, hat Mama gefragt.

Luze hat genickt. »Und dann machen wir das Interview!«

»Vincent kommt auch gleich runter«, hat Gregor gesagt.

Ich hab noch sein Zimmerleuchten im Fahrstuhlschacht gesehen. Gleich, hab ich gedacht. Aber vielleicht lässt er sich heute wieder Zeit.

»Und dann noch Manja und dann seid ihr durch, oder?«

Ich hab meinen Teller angestarrt, mir eine Scheibe Brot aus dem Brotkorb gezogen und die auf meinem Teller hin und her geschoben.

»Clara?«

»Ja, sind wir.« Ich hab hochgeguckt und lächeln gespielt.

»Müde?«, hat Mama gefragt und mir über die Wange gestreichelt.

»Kaffee?«, hat Gregor gefragt und die Kaffeethermoskanne hochgehalten.

»Bäh«, hab ich gesagt. »Lieber sterb ich!«

»NEIN, NICHT STERBEN!«, hat Luze geschrien und mich angestarrt.

»Na gut, dann nicht.«

Dann hat es geklingelt und ich hab kurz nach draußen geschaut, da war kein Zimmerleuchten mehr bei Vincent.

Luze ist gleich zur Tür gerannt und hat sie aufgerissen und »VINCENT« gerufen.

Ich hab an mir runtergeguckt und war in Schlafleggins und so einem blöden T-Shirt mit einem rosa Hasen drauf. Total dämlich. Mit Herzchenaugen. Und blöder Schrift drüber mit blödem »I like you« (Herz auf dem »i« vom like).

So ein T-Shirt, das man echt nur zum Schlafen anziehen kann.

Ich hab die Arme vor der Brust verschränkt und bin nicht aufgestanden.

»Komm rein!«, hat Gregor gerufen und ihm einen Stuhl zurechtgeschoben. »Willst du denn einen Kaffee?«

»Nee, danke«, hat Vincents Stimme in meinem Rücken gesagt. Ich hab mich nicht umgeblickt und Vincent hat da wohl erst mal gestanden, weil irgendwann auch Mama gesagt hat: »Na komm, setz dich zu uns.«

Dann hat sich Vincent hingesetzt.

Dann hat er mich angeschaut.

Dann hat er »Hi« zu mir gesagt.

Und ich hab auch »Hi« gesagt. Und dann bin ich aufgestanden und schnell ins Zimmer und hab mir einen Pulli über das unsägliche T-Shirt gezogen und bin wieder an den Küchentisch. Mama hat mich angeguckt.

»Kalt«, hab ich gesagt.

Mama hat ganz langsam genickt.

»Und kriegen wir diesen Film auch mal zu sehen, wenn er fertig ist?«, hat Gregor gefragt.

»Der kommt dann im Kino!«, hat Luze gesagt.

»Mindestens«, hat Vincent gesagt.

»Wir stellen den einfach ins Netz, Gregor, dann können alle sehen, in was für 'nem Haus wir wohnen.«

Mama hat mich angestarrt »Das habt ihr doch nicht wirklich vor, oder?«

»Nein, Mama, war nur 'n blöder Witz.«

»Haha, ein Witz«, von Luze.

»Ich kann den ja rumschicken, wenn er fertig ist«, hat Vincent gesagt. Und damit war das Thema durch.

Und ich hätte so gerne Vincent angeguckt und gefragt, wie das Telefonat mit seiner Mutter gestern gewesen ist und wie es ihm geht und ob er nun in den Ferien zu ihr fährt und wohin überhaupt. Aber da haben Mama und Gregor gesessen und uns angeguckt und vor denen wollte ich nicht über Vincents Eltern und deren Trennung reden. Aber gewusst hätte ich es schon gern.

Stattdessen hat er also neben mir gesessen und dann auch noch ein Brot gegessen.

Und Mama und Gregor haben dagesessen und gequatscht, als hätten wir Ferien. Als hätte Mama Gregor nicht vor ein paar Tagen noch den Kopf abreißen wollen. Als ob alles gut wäre.

Und dann hab ich gedacht, Moment mal. Aber dann hab ich gedacht, ach was. Nee. So weit geht das Spiel ja nicht. Wir können ja nicht zaubern.

Ich war die Erste, die vom Frühstückstisch aufgestanden ist. Dann hab ich mir was Ordentliches zum Anziehen geholt und bin damit ins Bad und hab mich fertig gemacht. Und dann wollte ich ins Kinderzimmer, aber in der Küche hat es immer noch gedudelt und gequasselt und gekichert.

Da hat Vincent gerade sein Handy wieder ins Stativ reingefummelt, und als er gesehen hat, dass ich da stehe, meinte er: »Wir haben gedacht, wir machen das Interview jetzt.«

»Dann habt ihr das aus den Füßen«, hat Gregor gesagt.

»Und ist doch auch so nett gerade«, meinte Mama.

Also wieder hingesetzt.

Luze war auf Mamas Schoß.

Vincent hat gesagt, dass das Video läuft, und dann hab ich nur gesagt: »Okay, also ähm, wann, nee, warte, wo kommt ihr her?«

Mama hat Luze die Haare aus dem Gesicht gestrichen und in die Kamera geguckt und erzählt und ich hab irgendwie abgeschaltet, weil ich das ja eh schon wusste. Dass Mama ihre Kindheit auf dem Land verbracht hat und da jeden Tag auf der Straße spielen konnte. Da wohnen unsere Großeltern ja immer noch. Und dann ist Mama in die Stadt zum Studieren und dann kam Papa ins Spiel. Der hat nicht studiert, der hat in dem Café bei ihr in der Straße gesessen und sie angeschaut, tagelang, und sie hat tagelang gewartet, dass er sie anspricht, und irgendwann hat sie dann ihn angesprochen. Und dann: ich (tadaa!). Und dann nicht mehr Mama und Papa. Also noch bevor ich überhaupt auf der Welt war, haben die schon gemerkt, dass sie nicht zusammengehören.

Das erzählte Mama gerade Vincent. Und das war … irgendwie

komisch und unangenehm. Wie erklär ich das am besten? Mehr als Familienfotoalbum aufmachen. Irgendwas zwischen Fotoalbum und Tagebuch.

Ich hab Mama und Gregor angeschaut, wie sie uns da gegenübergesessen haben mit Luze auf Mamas Schoß, und Luze hat gedankenverloren mit Mamas Haaren gespielt, wie sie das macht, wenn man ihr vorliest.

Vielleicht ist das ja auch ein Märchen. Das Märchen von Mama, Papa und mir. Und von Gregor und Luze.

Vincent hat da einfach nur gesessen und immer wieder auf das Handy geschaut und dann zu Mama, die erzählt hat, dass sie eben mit mir im Bauch aus ihrer WG rausmusste und dann hier ins Haus gezogen ist. Aber erst war sie im Hinterhaus. Die Wohnung da ist inzwischen gar nicht mehr so, wie sie damals war. Die war wie Rosas Wohnung so klein. Unsere Höhle. Und ganz am Anfang war auch noch Oma mit da und hat Mama geholfen, weil die noch versucht hat ihr Studium fertig zu machen.

»Und hab ich auch«, hat Mama da gesagt. Gregor hat die Hand hochgehalten und Mama ihn blind highgefivet.

Und dann hat Mama ganz bald angefangen zu arbeiten. Und ich war in der Kita.

»Und irgendwann war Sommer und ich hab mit dir«, da hat sie mich angeguckt, »im Hof im Sandkasten gespielt, und dann hab ich deine Mutter und dich«, (Mama hat jetzt Vincent angeschaut), »kennengelernt. Und Hotte. Und dann war da noch Ulli, und … egal. Jedenfalls war ich dann so froh. Weil deine Mama mir geholfen hat und sogar Hotte hat mal auf Clara aufgepasst. Und nach ein paar Jahren hat Nanette versucht mich mit einem Freund von sich zu verkuppeln und hat mich dafür zu ihrem Geburtstag eingeladen. Und der Freund hatte seinen Freund Gregor mitgebracht, weil der gerade neu in der Stadt war.« Mama hat jetzt Gregor angeguckt und gelächelt.

»PAPA!«, hat Luze gerufen.

»Jawoll«, hat Gregor gesagt.

Gregor hat bis dahin noch gar nichts gesagt, nur die ganze Zeit Luzes Füße in seinen Händen gehalten, weil Luze keine Socken anhatte und wieder Eisfüßchen hatte.

Und dann hat Vincent Gregor gefragt: »Wo hast du denn vorher gewohnt, wenn du neu in der Stadt warst?«

Gregor hat dann erzählt, dass er in Polen gewohnt hat, bis er so alt war wie ich jetzt, und dann ist seine Familie nach Deutschland gezogen. Erst mal in ein Heim für Aussiedler (da guckt Luze immer traurig, wenn er das erzählt), und dann hat seine Familie eine Wohnung zugeteilt bekommen in der nächstbesten Stadt.

»Und da hab ich dann gewohnt und noch Abi gemacht und dann hab ich eine Ausbildung gemacht und dann wollte ich eigentlich mit meiner Freundin zusammenziehen ...«

»EY!«, sagte da Luze.

Aber dann ist das mit der Freundin auseinandergegangen. Und dann hat Gregor »wilde Jahre« gehabt. So nennt der das. Dabei find ich das gar nicht so wild. Gregor ist gereist und hat auf fremden Sofas geschlafen (Couchsurfing heißt das) und manchmal auch gearbeitet.

Bis er fertig war mit wild sein. Und dann hat er von Griechenland aus, da war er nämlich gerade, geschaut, wo er gerne wohnen würde und ob es da eine Anstellung für ihn gibt, die gut klingt. Und dann hat er erstens einen tollen Job gefunden und der war hier, und da hat er dann den Freund von Nanette kennengelernt, der nicht verkuppelt werden wollte, weil er eigentlich lieber wieder mit seiner Ex zusammen sein wollte. Und auf der Party stand dann Mama vor ihm und ich bin da wohl auch rumgerannt (»Mit dir zusammen!«, hat Mama zu Vincent gesagt). Irgendwann bin ich wohl vor Gregor hingefallen und er hat mich aufgehoben und mich getröstet und dann war Mama verliebt.

»Peng. Das war's.«

»Du bist schuld!«, hat Gregor zu mir gesagt.

Manchmal denk ich, dass ich mich daran erinnern kann. Aber vielleicht stimmt das auch nicht, vielleicht sind das nur ausgedachte Erinnerungen, weil ich die Geschichte so oft schon gehört habe.

Und dann: Luze.

»Und dann ist eben Ulli ausgezogen und hat gleich gesagt, dass sie mich, also uns der Hausverwaltung vorschlagen würde.«

»Und dann sind wir hier eingezogen«, sagte Gregor.

»YAY!«, von Luze.

Zuhause, hab ich gedacht.

»Und wo würdet ihr noch gerne wohnen?«, hab ich gefragt.

Mama und Gregor haben sich angeschaut.

Und mit den Schultern gezuckt.

»Hier?«

»Ja aber, wenn wir hier nicht mehr wohnen?«, hab ich gefragt.

»Ich wohne immer hier!«, hat Luze gesagt.

Aber mehr ist Gregor und Mama nicht eingefallen. Also hat Vincent »Danke!« gesagt und das Video gestoppt.

Mama und Gregor haben immer noch gelächelt.

Und dann hat Mama einen Anruf bekommen. Und ich dachte so, na klar.

Aber Mama hat erst verwundert geguckt und dann Luze gezeigt, wer da anruft, aber die hat das so schnell nicht lesen können, also ist Mama rangegangen und hat gleich gesagt: »Ich stell dich mal laut, ja? Luze ist auch hier und alle anderen.«

Das war nämlich die Mutter von Silas und Halina, Steph. Und die hat erst mal laut »Hallo, hallo!« ins Handy gerufen.

Und dann hat sie gesagt, dass Silas gerne zu Besuch kommen würde.

Und dann hat auch Silas Hallo gerufen und Luze eh.

Vincent hat mir den Ellenbogen in die Seite gedrückt, sich rübergebeugt und leise »Alles wird gut« gesagt.

Und Luze war ein kleines Lichtchen, eine Wunderkerze.

Weil Silas sie in den Winterferien besuchen würde. »Hoffentlich wird's bis dahin noch ein bisschen wärmer, damit die Kinder wieder rausgehen können«, hat Gregor gesagt.

Und ich hab gedacht, klar, weil ja alles gut wird. Also hab ich Vincent angeguckt und ihm leise gesagt: »Und es wird so warm, dass man wieder rausgehen kann, ohne einzufrieren.« Vincent hat genickt.

»Ab morgen«, hat er gesagt.

Mama hatte inzwischen schon längst wieder aufgelegt und Luze ist durch die Küche getanzt und hat ein Lied gesungen, weil Silas sie besuchen kommt. Und dann hat sie angefangen Mama zu sagen, was sie alles mit Silas machen will. Ich bin dann aufgestanden und hab schon mal meinen Teller weggeräumt. Dann hab ich dagestanden und Luze hat aufgezählt: »... und ins Kino gehen wir, und dann bauen wir eine Kissenburg und dann gehen wir in den Zoo und dann backen wir einen Kuchen und dann spielen wir Zirkus mit Jannis und Luca …«

»Ich geh mal …«, hab ich gesagt, aber Mama hat nur abwesend genickt, während Luze weiter eine ganze Reihe Sachen runtergebetet hat, und ich bin ins Kinderzimmer gegangen und hab mich aufs Bett gesetzt. Dann ist Vincent reingekommen und hat seinen Laptop auf den Boden gestellt und sein Handy angekoppelt und das Video auf den Computer gezogen.

»Also«, hat Vincent gesagt.

»Deine Mutter hat angerufen«, hab ich gesagt.

»Jep.«

»Und?«

»Wollte, dass ich sie nächste Woche besuche. Und ich hab Nein gesagt.«

»Echt?«

»Ja. Und später hat sie noch mal angerufen und ich hab gesagt, dass sie kommen soll.«

Vincent hat auf dem Boden neben dem Laptop gesessen, die Beine angezogen, die Arme auf den Knien. Heizung im Rücken.

»Und dann hab ich mit meinem Vater geredet.«

»Wow!«, hab ich gesagt.

»JA!!! Und dann hat mein Vater mit meiner Mutter telefoniert. Und jetzt hat sie wirklich einen Flug gebucht, und beide haben sich freigenommen.«

»WOW!«, hab ich noch mal gesagt.

Vincent hat eine Hand hochgehalten. Abwarten, heißt das.

»Wahrscheinlich verkacken die das eh wieder.«

»Alles wird gut!«, hab ich ihn erinnert.

»Okay. Meine Eltern sprechen sich endlich aus. Papa tut

nicht mehr so, als wäre alles okay, und Mama rennt nicht mehr weg.«

»Bäm!«, hab ich gesagt und gedacht, dass ich echt weniger Zeit mit Luze verbringen muss.

Vincent hat kurz an die Decke geguckt und dann zu mir geschaut.

»Ich hab keine Lust auf Schule.«

»Ich auch nicht«, hab ich gesagt.

»Hast du viel auf?«, hat mich Vincent gefragt. Ich hab mit den Schultern gezuckt und dann mal auf mein Handy geguckt. Da stand, dass die Mathearbeit auf nach den Ferien verschoben wurde.

Und in dem Moment kam eine Nachricht von Lisa. *Hey.*

Ich glaub, ich hab ein bisschen gezuckt.

»Alles okay?«, hat Vincent gefragt.

Ich hab mein Handy angestarrt und nur gesehen, wie Lisa immer weiter getippt hat, aber es kam keine neue Nachricht.

Ewig nicht. Immer nur drei Punkte. Dann wieder gar nichts. Dann drei Punkte. Irgendwann hab ich das Handy wieder ausgemacht und falsch rum auf den Tisch gelegt.

»Und du?«, hab ich gefragt. Vincent hat mich fragend angeschaut. »Aufgaben?«, hab ich gefragt. Und dann hat Vincent sein böses Grinsen aufgesetzt. »Nö«, hat er gesagt.

Teufelsvincent. Aber komischerweise fand ich den gar nicht mehr so schlimm.

»Wir müssen noch zu Manja«, hab ich gesagt.

Dann kam Luze reingerannt und hat angefangen Sachen zusammenzuräumen. »Ich geh zu Kurt«, hat sie gesagt.

Also hab ich Vincent zugenickt und der hat das Handy wieder

vom Laptop abgemacht und wir sind aufgestanden. Ich hab noch kurz in die Küche geguckt und gesagt: »Wir gehen mal rüber zu Manja.« Mama und Gregor haben dagesessen und uns angeschaut, wie wir da zu dritt standen und abfahrtbereit waren. Oder abgehbereit. Losgehbereit. So was.

»Und wir?«, hat Mama gefragt.

Ich wollte schon was sagen, da hat Luze den Finger in die Luft gehoben und laut gesagt: »Benehmt euch!«

Und dann ist sie raus und ich hab ihr noch »Warte!« hinterhergerufen.

Luze hat im Treppenhaus gestanden und quasi mit den Hufen gescharrt.

»Nimm mal Emmchen mit«, hab ich gesagt.

»Warum?«

»Weil die Größeren auf die Kleineren aufpassen, deshalb. Und du bist die Größere.«

»Na gut«, hat Luze gesagt, aber auch gegrinst und gesagt: »Ich bin auch eine Große!«

»Klar!«, hab ich gesagt.

Vincent hatte inzwischen geklingelt und Manja hat die Tür aufgemacht und Emmchen kam raus und hat Luze umarmt. Da hat Luze sie an der Hand genommen und zu Manja gesagt: »Ich geh jetzt mit Emmchen zu Kurt.«

»Ooohkay?«, hat Manja gesagt. Dann haben wir den beiden hinterhergeschaut, wie sie Hand in Hand die Treppe hochgestiegen sind, bis wir gehört haben, dass im dritten Stock die Tür wieder ins Schloss gefallen ist.

Und dann erst hat Manja uns angeschaut und »Kommt rein« gesagt.

Wir sind in die Küche gegangen. Manja hat sich selbst einen Kaffee gemacht und dann noch eine Kanne Tee für uns.

Vincent hat das Handy aufgestellt und wir haben gewartet, bis Manja wieder gesessen hat.

Sie hat uns angeschaut und gefragt: »Und nu?«

»Vincent?«, hab ich gefragt und er hat auf Aufnahme gedrückt und dann hab ich gesagt: »Also, die Fragen sind: Wo bist du geboren, wo bist du aufgewachsen, wann bist du hier hergekommen, und warum gerade in dieses Haus und wo würdest du gerne noch überall wohnen?«

»Okay«, hat Manja gesagt und in ihren Kaffee gepustet, versucht einen Schluck zu nehmen, aber dann »Au, heiß« gesagt.

Sie hat die Tasse wieder auf den Küchentisch gestellt.

»Ich bin in der DDR geboren und dann sind wir direkt nach der Wende in den Westen gegangen, weil mein Vater eine bessere Stelle bekommen hat. Das war vielleicht Scheiße.« Da hat sich Manja kurz die Hand auf den Mund gelegt, aber dann gemerkt, dass Emmchen ja gar nicht da ist.

»Wir sind noch ein paar Mal umgezogen, weil mein Vater immer dachte, dass er woanders mehr Geld verdienen könnte. Und irgendwann haben sich meine Eltern getrennt und mein Vater ist weitergezogen, aber ich bin bei meiner Mutter geblieben.

Das war ganz schön eigentlich. Dann hab ich Abitur gemacht und bin zum Studieren hierhergekommen und war eine Zeit lang eben hier. Aber nicht hier im Haus. Und dann wollte ich eigentlich nur ganz kurz, nur für ein Semester ins Ausland. Aber dann hab ich mich da verliebt und bin dageblieben.«

Mir hat's nicht unter den Nägeln, aber auf den Lippen

gebrannt zu fragen, ob das Emmchens Papa war. Aber so was fragt man nicht.

»Fünf Jahre bin ich geblieben. Und hab mein Studium fertig gemacht und hab angefangen da zu arbeiten. Und dann bin ich schwanger geworden. Und wieder hierhergekommen.«

Manja hat einen vorsichtigen Schluck von ihrem Kaffee genommen.

»Also Baby im Bauch und meine Mutter war inzwischen auch schon tot.«

»Oh«, hab ich gesagt.

»Tut mir leid«, hat Vincent gesagt.

»Danke. Und weil ich sonst nirgendwo zu Hause war, bin ich eben wieder hier in die Stadt gekommen und hatte noch so ein paar lose Kontakte vom Studium. Ich also mit dickem Bauch nach 'ner Wohnung gesucht. Das war anstrengend. Ich hab so viele schreckliche Wohnungen gesehen und alles war falsch und nichts hat sich wie zu Hause angefühlt. Und dann war da eben der Tag, an dem ich mir, glaub ich, schon gefühlt hundert Wohnungen angeschaut hatte und noch gefühlt dreihundert vor mir hatte, und ich war müde und hatte Durst und Hunger und war so traurig. Hormone. Und dann hab ich hier im Park um die Ecke gesessen und da war gerade deine Mama mit Luze und Halina und Silas, und später kam auch noch Steph dazu. Die haben mich gesehen, wie ich dagesessen habe und geheult hab, und mich gleich zu sich auf die Bank geholt und dann gesagt, dass eben hier was frei wird. Und wie nett das ist. Und dann haben sie mich mit ins Haus geschleppt, mir alles gezeigt und Tee gemacht, dann noch bei der Hausverwaltung angerufen und nachgefragt, und die hatten die Wohnung nicht mal inseriert.

Und am Ende vom Tag hab ich alles fertig gemacht und eingeworfen und zwei Wochen später bin ich eingezogen.«

Manja hat uns angegrinst.

»Und dann kam Emmchen!«, hab ich gesagt.

»Jawoll. Die kleine Krawalltante.«

Dann hat Manja das Handy in die Hand genommen und gesagt: »Mehr gibt's nicht zu erzählen.«

Und selbst ausgeschaltet.

»Feddich ist die Laube«, hab ich gesagt.

»Eingetütet«, hat Vincent gesagt.

Manja hat auf die Uhr geschaut und ist aufgestanden »Ich geh mal wieder Emmchen holen, die muss gleich essen und schlafen, sonst gibt's Geschrei.«

»Danke für das Interview«, hab ich gesagt.

»Sehr gerne.«

Dann hat sie ihren Schlüssel genommen und wir sind rausgegangen, Manja ist hoch in den Dritten und wir wieder zurück in unsere Wohnung.

Da haben Gregor und Mama immer noch in der Küche gesessen.

»Habt ihr keine Aufgaben?«, hab ich gesagt.

»Keine Lust«, hat Mama gesagt.

»Ich auch nicht«, von Gregor.

»Seid ihr fertig?«, hat Mama gefragt.

Wir haben genickt.

Plötzlich hat Mama mit der flachen Hand auf den Tisch gehauen.

»Ich hab einen Witz!«

»Nee«, hab ich gesagt.

»Doch! Warte!« Mama hat auf ihr Handy geschaut und dann vorgelesen (was nicht ganz gilt, aber sie hat den echt nicht auswendig gekonnt).

»Im Kino sitzt ein Mann mit seinem Hund. Der Hund lacht und lacht, während der Film läuft, da dreht sich eine Frau um und sagt: ›Na Sie haben ja einen komischen Hund.‹ Da sagt der Mann: ›Ja, ich wundere mich auch, die Buchvorlage hat ihm nämlich gar nicht gefallen!‹«

Mama hat das Handy weggelegt und mich angegrinst.

»Der ist gut, den kannte ich noch nicht«, hab ich gesagt und Mama hat »YES! Sie kennt ihn nicht!« gerufen. Und erst da hab ich gemerkt, dass es neben mir kichert.

Und das war Vincent.

Der hat versucht nicht zu lachen.

Aber dann hat er richtig angefangen. Mit Gackern und Grunzen, Bauernhof und so.

Und hat Tränen gelacht.

Fast wäre ich sauer gewesen. Weil er über einen fremden Witz gelacht hat. Da hab ich ungelogen wochenlang nach dem richtigen Witz gesucht und geübt, und dann kommt Mama mit so 'nem Witz, den ihr eine Freundin zugeschickt hat, den die aus einer Zeitung ausgeschnitten hat, und liest den einfach nur vor und dann, DANN lacht Vincent sich schlapp?

Und kriegt fast Schluckauf vor lauter Lachen?

Aber dann hab ich nur gedacht, wurde ja auch langsam Zeit.

Ist vielleicht, wie wenn man ein Gurkenglas nicht aufkriegt und man dreht und dreht am Deckel rum, und dann kommt wer anderes und es macht plopp und auf ist das Gurkenglas. Vincent ist also das Gurkenglas gewesen.

Oder so.

Alles wird gut, hab ich gedacht. Und dann bin ich ganz schnell in mein Zimmer und hab wieder mein Handy vom Tisch genommen. Sieben verpasste Anrufe. Alle von Lisa.

Und dann noch eine Nachricht. *Mama fährt mich jetzt zu dir.*

Ich hab geschaut, wann Lisa das geschrieben hat, das war zehn Minuten her.

»Mama!«, hab ich gerufen, aber dann bin ich einfach in die Küche gegangen und hab »Mama, Lisa kommt!« gerufen.

»OKAY!«, hat Mama gerufen.

Und ich war plötzlich ein Huhn ohne Kopf und musste erst mal aufs Klo vor lauter Aufregung und dann hab ich wieder in der Küche gestanden und auf die Uhr geguckt und überlegt, wie lange Lisa wohl braucht, bei Schnee, mit dem Auto. Und dann hat es schon geklingelt.

»Lisa!«, hab ich in die Gegensprechanlage gerufen. »JA!«, hat sie zurückgerufen und ich hab auf den Summer gedrückt und dann schon Schritte gehört, weil Lisa gerannt ist, und dann dahinter langsamere Schritte, weil ihre Mutter auch dabei war, und dann hat sich Vincent an mir vorbeigedrückt, hat seinen Laptop aus dem Kinderzimmer geholt und sagte »Ich geh mal hoch« und weg war er. Und Lisa stand da. Und ihre Mutter auch.

Erst mal haben wir uns nur angestarrt und dann hat Lisas Mutter gesagt: »Clara, bitte uns mal rein, wir kommen von draußen, da ist es kalt und eklig!«

Lisas Mutter hat sich noch im Hausflur die Schuhe ausgezogen und zu Lisa gesagt, dass sie das auch machen soll, und dann ist Lisas Mutter an mir vorbei in die Küche zu Mama und Gregor und hat gesagt: »Kaffee, herrlich!«

»Komm«, hab ich irgendwann zu Lisa gesagt und wir sind ins Kinderzimmer und ich hab die Tür zugemacht.

Ich hab mich aufs Bett gesetzt und Lisa stand da in ihrer Winterjacke und dann hat sie sich irgendwann auf Luzes Bett gesetzt.

Wir haben nichts gesagt. Ich hab Lisas Socken angestarrt, gestreifte Wollsocken hatte sie an.

Und ich hab gedacht, diesmal muss sie sich entschuldigen.

»Wegen letztens«, hat Lisa gesagt.

»Mmh«, hab ich gemacht.

Lisa hat ein bisschen rumgeatmet und irgendwann hat sie gesagt: »Können wir nicht einfach aufhören zu streiten?«

Und ich glaube, fast hätte ich »Ja klar« gesagt. Aber dann hab ich ein bisschen rumatmen müssen und gesagt »Nein«. Und dann hab ich sie angeschaut. Richtig in die Augen.

»Ja, aber ...«, hat Lisa gesagt.

»Du warst so fies! Mit Absicht!«

»Ich hab's ja nicht so gemeint.«

»Das ist doch egal!« Da bin ich ein bisschen laut geworden.

Lisa hat geschnauft und gesagt: »Tut mir leid.«

Ich hätte so gerne gehabt, dass sie das noch mal sagt. Noch fünfmal, mindestens.

Weil es irgendwie nur ein bisschen geholfen hat.

»Ich hab dir nicht wehtun wollen. Tut mir wirklich leid. Echt.«

Und dann hat sie sich an der Nase rumgewischt. Und ich hab ihr geglaubt.

»Mach das ja nie wieder«, hab ich gesagt.

»Ich schwör. Nie wieder. Echt«, hat Lisa gesagt. Und dann so geschworen, wie wir das in der Kita gemacht haben mit drei Finger anlecken, aufs Herz legen und dann in die Höhe halten.

»Okay«, hab ich gesagt.

Und dann haben wir nicht mehr gestritten.

Wir haben noch eine Weile dagesessen und Lisa hat erzählt, wie langweilig ihr war, und ich hab ihr den Tierfilm gezeigt und dann hat sie gesagt: »Vincent war hier!«

Und ich: »Ja!«

Und dann hat sie gekichert und gesagt: »Oh, seid ihr jetzt zusammen?«

»Nee.«

»Aber du bist doch verliebt?«, hat sie gefragt.

Ich bin rot geworden. Weil ich nie »verliebt« gesagt hab. Nie, nie, nie. Auch nicht zu Lisa. Oder zu mir selbst.

Lisa hat mich nur grinsend angeschaut und weiter gegrinst, weil ich gleichzeitig den Kopf geschüttelt und mit den Schultern gezuckt hab und »Weiß nicht, äh, verliebt, nee, quatsch, öh« und dann hab ich blöd gekichert.

Boah.

Aber dann stand Lisas Mutter in der Tür und sagte: »Lisa, mach dich fertig, wir müssen wieder.«

»Mama!«, hat Lisa gesagt.

»Nur kurz, war die Abmachung! Ihr könnt euch nächste Woche ununterbrochen sehen, ja? Meine Güte, zwei Wochen Funkstille und jetzt klebt ihr wieder aneinander, oder was?«

»Mama, hör mal auf!«, hat Lisa gerufen.

Aber dann hat sie mich angeschaut und ist doch aufgestanden und schon fast rausgegangen, aber dann hat sie sich doch noch mal umgedreht und ist auf mich draufgesprungen und hat mich umarmt. »Tut mir echt leid«, hat sie noch mal ganz leise gesagt.

»Okay«, hab ich zurückgenuschelt.

»Ich ruf dich nachher an!«, hat sie gerufen und ihre Mutter hat mit den Augen gerollt und dann sind sie gegangen.

Dann hab ich erst mal auf meinem Bett gelegen und dreihundert Sachen auf einmal gedacht und gefühlt und dann »Uff« gesagt. Und dann noch mal »Uff«, lauter, weil es manchmal eben mehr als ein Uff braucht.

Irgendwann bin ich in die Küche und hab gesagt: »IHR SITZT JA IMMER NOCH HIER!«

Mama und Gregor haben mich angegrinst.

»Hunger?«, hat Mama gefragt und ich hab gedacht, ja, aber so was von. Weil ja inzwischen schon längst Mittag durch war und richtig gefrühstückt hatte ich auch nicht und überhaupt.

Also hab ich mich zu Gregor und Mama gesetzt und mir jetzt mal richtig Frühstück gemacht, auch wenn das Brot inzwischen trocken war und der Käse gewellt, war egal.

»Luze hat bestimmt viel besser zu Mittag gegessen als ich.«

»Arme, arme Clara«, hat Gregor gesagt.

Und dann hab ich gegessen und nachgedacht und irgendwann gesagt: »Mama, ich will mal bitte mit Papa eine Tour machen.«

Mama hat mich angeschaut. »Weiß er davon?«

»Nein. Weil er eh sagt, dass ich erst dich fragen muss. Also frag ich erst dich.«

»Schlaues Kind«, hat Gregor gesagt.

»Ich red mal mit ihm, ja?«, hat Mama gesagt. Okay. Hab ich gedacht. Das ist besser als Nein.

Den ganzen Nachmittag haben wir rumgelungert. Irgendwann ist es dunkel geworden. Und ich hab gefragt, ob ich Luze holen soll, aber Mama hat nur abgewinkt. »Die kommt schon nach unten, wenn sie genug hat.« Und Gregor hat gesagt: »Oder Kurt.«

Und dann machte es irgendwann Ping auf Mamas Handy und auf dem von Gregor und dann auch auf meinem und wir haben nachgeschaut und hatten alle dieselbe Mail von Vincent.

Weil er den Film fertig gemacht hat.

Und dann haben wir den Film angeschaut.

Und plötzlich pingten Mamas Handy und das von Gregor andauernd, weil alle aus dem Haus den Film gesehen haben. Und Mama hat mir den Haus-Chat gezeigt, der war voll mit Herzen.

»Hol mal Vincent«, hat Mama gesagt.

Also bin ich hoch und hab geklingelt und Vincent hat aufgemacht und mich angegrinst. »Hey! Haste's gesehen?«

»Ja! Alle!«

Und da hat Vincent gestanden, der schönste Mensch auf der ganzen, ganzen Welt, von innen wie von außen, und hat nicht aufgehört zu strahlen.

»Kommste runter zum Essen?«, hab ich gefragt.

»Ja. Warte«, hat er gesagt.

Und dann hat er seinem Vater Bescheid gesagt und dann kam Vincent mit runter. Und dann haben wir zusammen gegessen.

Und dann war alles gut.

17

In der Nacht hat es wieder geschneit, die ganze lange Nacht. Ganz leise. Und als wir wach waren, lag da neuer Schnee auf altem und alles war weiß. Und hell. Weil alle Wolken sich wohl leer geschneit hatten und dann endlich nur noch Himmel übrig war.

Der war blau. Und hell. Und hoch. Und alles hat geleuchtet.

In der Küche saßen Mama und Gregor beieinander und haben sich beide über ihre Tassen hin angeschaut. Und gelächelt. Und waren leise.

Im Radio lief gerade ein Lied aus und der Moderator sagte zu der Moderatorin: »Und endlich sind die Temperaturen wieder gestiegen!«

»Ja, aber kalt genug ist es immer noch!«

»Das ja, aber gerade bekommen wir die Nachricht rein, dass keine Gefahr mehr für Senioren und Kinder besteht.«

»Und was heißt das für die Kinder? Ab in die Schule? Bei dem schönen Wetter?«

»Warte, ich war ja noch nicht fertig. Weil heute eh der letzte Tag vor den Winterferien ist, haben die Schulen beschlossen, dass der reguläre Unterricht erst wieder nach den Ferien beginnt.«

»Mama, Papa, können wir jetzt endlich raus?«, hat Luze gerufen und gar nicht abgewartet, was die beiden sagen, sondern ist gleich in unser Zimmer gebraust und hat sich alles angezogen. Und ich auch. Hosen T-Shirt Pulli Socken Jacke Schuhe Mütze Schal Handschuhe. Handy eingesteckt.

»Fertig?«, hab ich gefragt. Luze hat laut »JAA!« geschrien, dann ging es raus, aber erst mal rauf, bei Vincent klingeln, und der stand da auch schon fast angezogen, hat sich gerade noch die Schuhe zugebunden und die Jacke zugemacht, Mütze auf und runter.

Und dann waren wir endlich draußen. Richtig draußen. Und wir sind nicht gestorben, und es war kalt und hat uns in die Nase gebissen und in den Augen gekribbelt, weil's eben auch so hell war. »In den Park?«, hat Vincent gefragt, aber Luze ist schon vorgerannt, zum Park, der bei uns um die Ecke liegt.

Der war voll mit Schnee und voll mit Kindern, Schlitten und allem.

Luze hat angefangen einen Schneeball zu rollen, der immer größer wurde.

Ich hab mich einfach nach hinten in den Schnee fallen lassen und der hat mich aufgefangen. Vincent hat vor mir gestanden und runtergeschaut.

»Du nicht?«, hab ich gefragt.

Vincent hat mich angeschaut, als müsste er überlegen.

»Ich mach das Pferd aus Schnee!«, hat Luze gesagt und angefangen den nächsten Schneeball zu rollen.

Vincent hat sich neben mich in den Schnee gesetzt und erst mal in den Himmel geschaut. Dann fing er an.

»Fährt ein Lastwagenfahrer eine lange, einsame Landstraße lang. Stundenlang. Langweilig ist das. Bis er etwas am Straßenrand sieht. Als er näher kommt, wird er langsamer und hält an, weil da mitten im Nirgendwo eine Gruppe Pinguine rumsteht. Einfach so. Der Lastwagenfahrer denkt nach und dann packt er die Pinguine auf seine Ladefläche und fährt weiter. Ein bisschen später muss er tanken. Der Tankwart kommt raus, begrüßt ihn und fragt: ›Ey, was hast du denn da geladen! PINGUINE?‹Und der Lastwagenfahrer nickt und erzählt, dass er die eben so mitten im Nirgendwo gefunden hat. ›Konnte ich da ja nicht stehen lassen, ne?‹ Der Tankwart nickt. ›Und nu?‹ ›Weiß noch nicht‹, sagt der Lastwagenfahrer. ›Hast du 'ne Idee?‹ ›Na, in den Zoo, oder?‹, sagt der Tankwart. Der Lastwagenfahrer nickt, tankt fertig, zahlt und fährt weiter. Einen Tag später kommt der wieder an der Tanke an, der Tankwart kommt raus und sieht die Pinguine auf der Ladefläche, aber diesmal haben sie Sonnenbrillen auf und Handtücher unterm Arm. ›Ey, ich dachte, du wolltest gestern mit denen in den Zoo!‹, sagt der Tankwart. ›Waren wir ja auch‹, sagt der Lastwagenfahrer. ›Und heute waren wir am Strand.‹«

Vincent hat mich so breit angegrinst, dass ich fast geglaubt hab, gleich schmilzt all der Schnee. Ich hab ihn geschubst und er hat sich nach hinten fallen lassen, neben mich.

»Ich bin fast fertig!«, rief Luze.

Von da, wo ich gelegen habe, hab ich den Hund gesehen, der ein Pferd war, oder das Pferd, das ein Hund war, und es war groß und weiß und kalt und hatte Ohren und Füße und einen Schwanz und eine Schnauze. Luze ging einmal rum und stand dann vor dem Pferdehund, und dann lachte sie in ihre Fäustlinge. Dann hat sie sich umgedreht und gefragt: »Und was spielen wir jetzt?«

Und ab da war das Pferd, das ein Hund war, einfach weg. Und wir haben was anderes gespielt.

Tamara Bach, 1976 in Limburg an der Lahn geboren, studierte in Berlin Englisch und Deutsch für das Lehramt. Ihr erstes Buch, *Marsmädchen*, wurde als noch unveröffentlichtes Manuskript mit dem Oldenburger Kinder- und Jugendbuchpreis ausgezeichnet und erhielt außerdem den Deutschen Jugendliteraturpreis. Weitere Bücher und Auszeichnungen folgten. *Das Pferd ist ein Hund* ist ihr zweites Kinderbuch bei Carlsen. Heute lebt und schreibt Tamara Bach in Berlin. 2021 wurde sie für ihr »beeindruckendes literarisches Werk« mit dem James Krüss-Preis und dem Großen Preis der Akademie ausgezeichnet.

© Benny Trapp

Ulrike Möltgen, 1973 in Wuppertal geboren, studierte Kommunikationsdesign bei Wolf Erlbruch. Sie lehrte als Dozentin an der Folkwang Universität der Künste in Essen und ihre Arbeiten wurden bereits vielfach ausgezeichnet, u. a. mit dem Kinderbuchpreis der Stadt Wien und dem Österreichischen Kinder- und Jugendbuchpreis, und auch in Ausstellungen gezeigt. Zuletzt hat sie das Cover und die Vignetten für Tamara Bachs *Das Pferd ist ein Hund* angefertigt. Ulrike Möltgen lebt und arbeitet in Wuppertal.

Außerdem von Tamara Bach im Carlsen Verlag lieferbar:

Busfahrt mit Kuhn

Jetzt ist hier

Marienbilder

Marsmädchen

Mausmeer

Sankt Irgendwas

Vierzehn

Was vom Sommer übrig ist

Wörter mit L

Carlsen-Newsletter
Tolle neue Lesetipps kostenlos per E-Mail!
carlsen.de

Umschlagsillustration und Vignetten: Ulrike Möltgen
Lektorat: Katja Maatsch
Satz, Layout und Herstellung: Karen Kollmetz
ISBN: 978-3-551-55802-2